NOCHE EN VENECIA

KAT CANTRELL

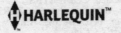

Editado por HARLEQUIN IBÉRICA, S.A.
Núñez de Balboa, 56
28001 Madrid

I.S.B.N.: 978-84-687-4204-5
Depósito legal: M-8554-2014
Editor responsable: Luis Pugni
Fotomecánica: M.T. Color & Diseño, S.L. Las Rozas (Madrid)
Impresión en Black print CPI (Barcelona)
Fecha impresion para Argentina: 22.12.14
Distribuidor exclusivo para España: LOGISTA
Distribuidor para México: CODIPLYRSA
Distribuidores para Argentina: interior, BERTRAN, S.A.C. Vélez
Sársfield, 1950. Cap. Fed./ Buenos Aires y Gran Buenos Aires,
VACCARO SÁNCHEZ y Cía, S.A.

Capítulo Uno

Matthew Wheeler no entró en la refriega del Carnaval de Venecia para beber y divertirse, sino para convertirse en otro. Se ajustó la máscara que le cubría la mitad superior del rostro. Era incómoda, pero necesaria.

–Vamos, amigo –dijo Vincenzo Mantovani, el hombre que tenía al lado, a la vez que le palmeaba el hombro–. Vamos a reunirnos con los demás en el café Florian.

–*Va vene* –Matthew se ganó una sonrisa del italiano, que se había apuntado a ser su guía aquella tarde. Vincenzo se apuntaba a mucha cosas mientras fueran divertidas, temerarias o poco aconsejables, lo que lo convertía en la compañía adecuada para un hombre que quería conseguir todo aquello pero que no tenía idea de cómo.

De hecho, Matthew se habría conformado con olvidar a Amber durante unas horas, pero el fantasma de su esposa lo seguía a todas partes.

Vincenzo siguió chapurreando inglés mientras entraban en el café Florian. Como la mayoría de los venecianos, Vincenzo era muy sociable con los extranjeros, y no había tardado en entablar relación con el estadounidense que vivía en el solitario palacio contiguo al suyo, palacio que daba al Gran Canal y que Matthew consiguió en una subasta como regalo de bodas para Amber, aunque nunca llegaron a ir Italia en los once meses que estuvieron casados.

Matthew tomó un sorbo del café que su nuevo amigo había conseguido casi mágicamente y trató de sonreír. Si pretendía dejar de pensar en Amber, así no iba a conseguirlo. Su único propósito aquella tarde era convertirse en alguien que no estaba llorando la muerte de un ser querido, en alguien que no soportaba sobre sus hombros el peso y la responsabilidad de las expectativas de su familia, en alguien que encajara en el hedonista ambiente del Carnaval.

Pero resultaba difícil convertirse en otra persona después de haber sido un Wheeler desde su nacimiento.

Matthew poseía, junto a su hermano, su padre y su abuelo, la empresa inmobiliaria Wheeler, que llevaba más de un siglo funcionando en Texas. Matthew había creído firmemente en el poder de la familia y la tradición hasta que perdió a su esposa y luego a su abuelo. La pena y el dolor lo paralizaron hasta tal punto que la única solución que encontró fue irse. Había estado estaba huyendo de la vida, pero había llegado el momento de encontrar un modo de volver a Dallas, de volver a ser el hombre que había sido.

Las playas de México no habían bastado para darle una respuesta. Machu Pichu solo había servido para dejarlo exhausto. Los nombres de los demás lugares en los que había estado habían empezado a difuminarse y había comprendido que debía hacer algo diferente. Tras deambular por medio mundo había aterrizado en Venecia, y allí pensaba seguir hasta que la vida real volviera a parecerle mínimamente soportable.

Hacia las once, Vincenzo condujo a un montón de amigos a su casa, donde se iba a celebrar un baile de máscaras. Debido a la estrechez de las calles por las que circulaban tenían que ir casi en fila india, y para cuando Matthew entró en el palacio contiguo al suyo ya estaba lleno de gente y de luces.

Dentro, un conserje uniformado tomó su capa. Una vieja mesa labrada en maderas nobles bloqueaba el paso a la sala principal, una rareza con un gran recipiente de cristal en el centro lleno de teléfonos móviles.

–Es una fiesta de teléfonos.

La grave voz que sonó a sus espaldas hizo que Matthew se volviera en busca de su dueña.

Era una mujer enmascarada que vestía un delicado traje azul y blanco bordado y con muchos pliegues. El escote no era pronunciado, pero el suave contorno de sus pechos atrajo la mirada de Matthew. De la parte trasera del vestido surgían unas alas de mariposa plateadas.

–¿Tan evidente es mi desconcierto? –preguntó.

–Eres estadounidense –dijo ella con una sonrisa.

–¿Y eso explica por qué no sé lo que es un fiesta de teléfonos?

–No, eso se debe a que eres más maduro que la mayoría de las personas que hay aquí.

De manera que debía conocer a los demás invitados. Aquella pequeña mariposa era interesante. La mayor parte de su rostro estaba cubierto, con la excepción de una boca de labios carnosos pintados de rosa. Unos rizos color caramelo caían sueltos en torno a sus hombros desnudos. Deslumbrante. Su voz era seductora, profunda, y poseía un timbre que afectó de inmediato a Matthew.

–Siento curiosidad. ¿Te importaría explicarme de qué se trata?

–Las mujeres dejan su móvil en el recipiente de cristal y los hombres eligen uno al azar. Ligue instantáneo.

–La verdad es que no sé qué pensar de un juego así –dijo Matthew con escepticismo.

–¿No piensas elegir uno cuando acabe la fiesta?

Aquella era una pregunta compleja. El viejo Matthew habría dicho que no sin dudarlo. Nunca había tenido una aventura de una noche en su vida, y nunca se había planteado tenerla. Aquello habría sido más propio de su hermano Lucas, que probablemente habría elegido dos teléfonos.

Pero Matthew no poseía el talento de su hermano en lo referente a las mujeres. Sabía desenvolverse con total soltura en el mundo de los negocios y en su círculo social, pero nada más. No tenía idea de cómo ser viudo a los treinta y dos años, de manera que, ¿qué habría hecho Lucas en aquellas circunstancias?

–Depende –dijo a la vez que señalaba el recipiente con un gesto de la cabeza–. ¿Está el tuyo ahí?

La mujer negó con la cabeza a la vez que dejaba escapar una ronca risita.

–No es mi estilo.

Matthew experimentó una absurda mezcla de alivio y decepción al escuchar aquello.

–Tampoco el mío, aunque puede que en este caso hubiera hecho una excepción.

–Yo también –replicó la mujer con una sonrisa, y a continuación giró sobre sus talones y se fue.

Matthew observó cómo se esfumaba por la puerta que daba al salón principal, donde fue inmediatamente absorbida por la multitud. Resultaba intrigante sentirse tan fascinado por una mujer debido a su voz. ¿Debería seguirla? ¿Y cómo no hacerlo después de un indicio tan claro de interés? Sin pensárselo dos veces, salió tras la mujer mariposa.

Un montón de bailarines moviéndose al son de una incongruente música electrónica dominaba el espacio de la planta baja del palacio. Pero ninguna de las mujeres tenía alas.

En torno a la zona de baile había varias mesas de juego, con ruletas incluidas, pero Matthew no la localizó entre los jugadores. De pronto, un destello de plata llamó su atención y vio las puntas de las alas de mariposa desapareciendo en otra habitación. Cruzó entre la multitud de bailarines molestando lo menos posible y siguió a lo único que había logrado despertar su interés en aquellos últimos dieciocho meses.

Al detenerse bajo el arco que separaba ambas habitaciones la vio. Estaba junto a un grupo de personas, concentrada en algo que Matthew no pudo distinguir, aunque tuvo la impresión de que se sentía tan sola como él en medio de aquella multitud.

Los aficionados al tarot rodeaban a madama Wong con tanto interés como si conociera los números que iban a salir en la lotería. Evangeline Le Fleur no era aficionada al tarot ni a la lotería, pero le divertía observar a la gente. Cuando madama Wong volvió otra carta y la multitud dejó escapar un murmullo, Evangeline notó un cosquilleó en el cuello y sintió que alguien la estaba observando.

El tipo del vestíbulo.

Cuando sus miradas se encontraron sintió un delicioso cosquilleo recorriéndole el cuerpo. Durante su breve conversación había sentido que aquel hombre había escuchado con verdadero interés sus palabras sobre la absurda fiesta de móviles que había organizado Vincenzo.

Últimamente nadie parecía interesado en lo que tuviera que decir, a menos que fuera para responder a la pregunta «¿qué vas a hacer ahora que ya no puedes cantar?». Lo mismo podían haberle preguntado qué pensaba hacer después de que clavaran la tapa de su féretro.

El traje del hombre estaba muy bien cortado, y lo más probable era que mereciera echar un vistazo a lo que había debajo. Los labios que asomaban bajo la máscara eran fuertes y carnosos, y sus manos parecían muy… habilidosas.

La música pareció disolverse mientras el hombre avanzaba decididamente hacia ella sin mirar a los lados.

Observó cómo se acercaba sin molestarse en ocultar su interés. El misterio de su rostro enmascarado hacía que resultara aún más atractivo, al igual que el hecho de que no supiera quién se ocultaba tras la máscara. ¿Cuándo era la última vez que había estado con alguien que no supiera cómo se había hundido su carrera, o los Grammy que había ganado?

Durante una temporada se había codeado con los nombres más conocidos del mundo del espectáculo, y había tenido tanto éxito que ni siquiera había necesitado un apellido. El mundo la conocía simplemente como Eva.

Pero de pronto se había quedado sin voz y se había visto a la deriva y sola.

–Ahí estás –murmuró él al alcanzarla–, empezaba a pensar que te habías ido volando.

–Las alas solo funcionan a partir de medianoche –dijo ella, riendo.

–En ese caso, más vale que me dé prisa. Me llamo…

–No –la mariposa apoyó un dedo sobre los labios de Matthew–. Nada de nombres. Aún no.

Al notar por la expresión de Matthew que habría querido meterse su dedo en la boca gustoso, lo retiro antes de permitírselo. No había duda de que aquel desconocido resultaba excitante, pero ella tenía un saludable instinto de supervivencia, y los amigos de Vincenzo solían moverse por el lado más salvaje de la vida…

–¿Vas a consultar tu futuro? –Matthew señaló con un gesto de la cabeza a madama Wong , que los miró mientras bajaba las cartas.

–Venga. Siéntese.

Cuando el rubio y atractivo desconocido apartó una silla de la mesa y se la ofreció, Evangeline no encontró un modo de negarse amablemente sin llamar la atención, de manera que se sentó.

Después de que un matasanos del tres al cuarto le hubiera destrozado las cuerdas vocales, Evangeline había pasado tres meses recorriendo todas las consultas de medicina alternativa que había ido encontrando, pero nadie había logrado curarle la voz, ni el alma. En resumen, aquella no era la primera vez que se hacía echar las cartas del tarot, aunque no tenía muchas esperanzas puestas en que fuera a obtener algún resultado práctico.

Madama Wong terminó de extender las cartas sobre la mesa y frunció el ceño.

–Tiene un gran conflicto en su vida, ¿verdad?

Tras escuchar aquella obviedad, Evangeline se limitó a permanecer en silencio.

La mujer volvió a mirar las cartas.

–Ha sufrido y ha perdido algo que valoraba mucho –madama Wong señaló una carta concreta–. Esta resulta confusa. ¿Está tratando de concebir algo?

–¿De concebir? –repitió Evangeline, que tuvo que respirar profundamente para tratar de calmar los latidos de su corazón, repentinamente acelerados–. No, claro que no.

–La concepción se manifiesta de muchas formas, y solo es un comienzo. Es el paso posterior a la inspiración. Ha sido inspirada y ahora debe hacer algo con esa inspiración.

Evangeline tragó con esfuerzo. La música había sido bruscamente silenciada en su interior y no había sido capaz de escribir una sola nota desde la infernal intervención quirúrgica.

–Tengo que volver a echarlas –madama Wong reunió de nuevo las cartas y volvió a barajarlas.

Paralizada y muda, Evangeline trató de negar con la cabeza. Los ojos empezaron a escocerle, claro indicio de que no iba a tardar en ponerse a gritar de manera descontrolada. Necesitaba una palabra clave para salir de aquella situación. Su mánager siempre solía decirle una para que la utilizara si los periodistas le hacían alguna pregunta demasiado incómoda. Solo tenía que pronunciarla y él acudía en su rescate. Pero ya no tenía mánager, ni palabra clave. No tenía nada. Había sido rechazada por todo y por todos, por la música, la industria discográfica, los fans. Por su padre.

–Según recuerdo me habías prometido un baile.

El hombre alto, rubio y atractivo la tomó por el codo y la hizo levantarse de la silla con un delicado pero firme tirón.

–Gracias –añadió Matthew mientras miraba a madama Wong–, pero ya le hemos robado suficiente tiempo. Buenas tardes.

A continuación giró sobre sí mismo y se alejó de la mesa con Evangeline tomada del codo.

Para cuando se detuvieron en un apartado que había entre el salón principal y la habitación en que se hallaba la lectora de cartas, el pulso de Evangeline había vuelto a recuperar su ritmo habitual. Parpadeó antes de mirar a su salvador.

–¿Cómo te has dado cuenta?

Matthew no se molestó en simular que no había entendido.

–Estabas tan tensa que la silla prácticamente vibraba. Deduzco que el tarot no te atrae demasiado.

–No especialmente, gracias –al ver que Matthew no preguntaba nada más, cosa que Evangeline agradeció, miró a su alrededor simulando buscar un inexistente camarero–. Creo que no me vendría mal una copa de champán. ¿Y a ti?

–Por supuesto. Enseguida vuelvo –dijo el desconocido antes de perderse entre la multitud.

El desconocido volvió enseguida con dos copas de champán. Evangeline sonrió mientras brindaba con él en un intento de mostrarse valiente. No había duda de que era un hombre muy atractivo y con una gran intuición, pero ella no iba a ser buena compañía aquella noche. Estaba pensando qué estrategia seguir cuando, al mirar por encima del hombro del desconocido, vio que entraba en el salón su peor pesadilla.

Era Rory. Con Sara Lear.

El disco de debut de Sara, llenó de acarameladas canciones pop, seguía sólidamente instalado en el número uno de las listas. La pequeña estrella no llevaba máscara, sin duda para disfrutar de la gloria del estrellato. Rory tampoco llevaba máscara, probablemente para asegurarse de que todo el mundo supiera con quién estaba Sara. Tenía gran habilidad para orientar su propia carrera y la de su grupo, con el que pretendía encabezar el cartel de uno de los principales conciertos de aquel verano.

Cuando la dejó, Evangeline tiró por el retrete el anillo de compromiso que le había regalado, y se dio el gusto de mandarlo al diablo cuando le pidió que se lo devolviera.

Rory y Sara avanzaron por el salón como si fueran los dueños del palacio. Seis meses atrás habría sido Evangeline la que habría ido del brazo de Rory Cartman, perdidamente enamorada, en la cima de su carrera y aún ciega a la crueldad de un mundo que adoraba el éxito pero despreciaba todo lo que se quedaba atrás.

El dolor de cabeza que había empezado a sentir comentó a intensificarse.

Terminó el champán de un trago y trató de pensar en una forma de salir de allí sin que Rory y Sara la reconocieran. No estaba dispuesta a soportar las miradas de pena que recibiría si tenía un encuentro público con el hombre que le había destrozado el corazón y la mujer que la había sustituido en su cama.

–¿Más champán? –preguntó su compañero.

Rory y Sara se habían detenido a pocos metros de Evangeline y el desconocido enmascarado.

Los momentos desesperados requerirían soluciones desesperadas. Sin pensárselo dos veces retiró la copa de la mano de su salvador, dejó las dos copas en un borde que había a sus espaldas y lo aferró por las solapas del esmoquin. Tras mirarlo un instante, tiró de él y lo besó.

En el momento en que sus labios se encontraron, el nombre de Rory Cartman se esfumó de su mente como una simple voluta de humo arrastrada por el viento.

Matthew solo tuvo instante para darse cuenta de lo que iba a pasar. Pero no fue suficiente. En cuanto la mujer de alas de mariposa presionó los labios contra los suyos sintió que su cuerpo se incendiaba. Tomó el rostro de la desconocida entre las manos y le hizo inclinar la cabeza hacia un lado. Un pequeño y delicioso gemido escapó de la garganta de Evangeline a la vez que lo atraía aún más hacia si.

Matthew besó a aquella mariposa sin nombre hasta que dejó de pensar, incapaz de detenerse, casi incapaz de mantenerse en pie. Un incendiario deseo sustituyó su capacidad de razonar. Era como si ya hubieran hecho aquello muchas veces. Pero estaba besando a una desconocida, una desconocida sin nombre, y eso no estaba bien, no debería estarlo... Pero sentía que estaba muy bien.

Aquella mujer ni siquiera era su tipo. Demasiado deslumbrante, demasiado sensual, demasiado bella. No se imaginaba presentándola a su madre, o llevándola a la inauguración de algún museo en el que se codearían con la élite de Dallas. Pero eso le daba igual. Por primera vez desde la muerte de Amber se sentía vivo. El corazón le latía con fuerza en el pecho, la sangre le corría ardiente por las venas, y una mujer lo estaba besando. Finalmente, Evangeline se apartó de él y lo miró a los ojos, jadeante.

—Lo siento.

—¿Por qué?

Mientras había durado su matrimonio, Matt no había besado a otra mujer que a Amber y, como reintroducción al arte del beso, aquella había sido increíble.

—No debería haber hecho eso —dijo ella.

—Claro que sí.

Evangeline respiró profundamente, lo que hizo que sus pechos presionaran tentadoramente contra el de Matthew.

—Tengo que hablarte claro. He visto llegar a mi ex y he utilizado esta pobre excusa para esconderme de él.

—Creo que la excusa ha estado muy bien.

Una temblorosa sonrisa curvó los labios enrojecidos de Evangeline.

–Debería aclararte que no tengo por costumbre ir besando a desconocidos.

–Eso tiene fácil arreglo. Me gustaría presentarme para dejar de ser un desconocido.

–Eso estaría muy bien, porque estoy bastante segura de que voy a volver a besarte.

Matthew experimentó un cálido estremecimiento. Aquella noche era otra persona y, ya que las cosas parecían estar yendo tan bien, ¿por qué fastidiarlas?

–Matt. Me llamo Matt.

La palabra surgió sin ningún esfuerzo de entre sus labios, aunque en realidad en su vida había sido Matt. Pero en aquellos momentos le gustaba mucho el nombre de Matt. Matt no vivía aterrorizado pensando que nunca iba a salir del pozo en que se encontraba. Matt no había huido de todas sus responsabilidades ni permanecía gran parte de la noche despierto, agobiado por los sentimientos de culpabilidad.

–Es un placer conocerte, Matt –dijo Evangeline con una sonrisa–. Puedes llamarme Angie.

–¿Quién es tu ex? Lo digo por evitarlo.

–Está sentado en aquel sofá con una rubia.

Matthew localizó rápidamente a la pareja a la que se refería la mariposa.

–¿Acaso no recibieron la invitación? –preguntó con ironía–. Decía claramente que era un baile de máscaras.

–Me gustas –dijo Evangeline a la vez que asentía con firmeza.

–Y tú a mí.

–Eso está bien, porque tengo intención de utilizarte. Espero que no te moleste.

–Supongo que eso depende de lo que quieras hacer conmigo, aunque espero que sea algo en la línea del beso que me has dado para ocultarte de tu exnovio.

Al parecer, Matt también sabía flirtear. No había otra explicación para aquella respuesta tan explícita. Cuando vio que Evangeline se humedecía los labios con la lengua a la vez que le miraba los suyos, la evidente reacción de la parte baja de su cuerpo casi lo sorprendió.

–Acabas de convertirte en mi nuevo novio –dijo ella.

–Excelente. No sabía que me había presentado para el puesto, pero me alegra haber superado el riguroso proceso de selección.

Evangeline dejó escapar una ronca y sensual risa.

–Solo por esta noche. No soporto pensar que alguien sienta lástima por mí porque estoy sola. Simula que estamos juntos y te invito a desayunar.

¿A desayunar? Matthew pensó que tal vez iba a enfrentarse a una velada con más acción de la que había imaginado.

–No me siento en lo más mínimo ofendido, a menos que me estés reservando como segundo plato. ¿Qué pensará tu novio de verdad?

–Si quieres saber si estoy comprometida con otro hombre, solo tienes que preguntar.

–¿Estás saliendo con algún otro, Angie?

–Sí. Se llama Matt –Evangeline se puso de puntillas para susurrar junto al oído de Matthew–. Y es un tipo muy ardiente.

–¿En serio? –nadie había calificado nunca de ardiente a Matthew. Al menos, no estando él delante–. Debes hablarme más de ese tipo.

–A mí también me gustaría. Vincenzo tiene un gran balcón en la segunda planta. Ve a por un par de copas de champán y reúnete conmigo arriba –Evangeline se volvió y dedicó a Matthew una fresca sonrisa por encima del hombro antes de encaminarse hacia las escaleras.

Matthew fue rápidamente a por las copas. Sin duda, Lucas se habría ocupado de averiguar qué tenía planeado para él aquella sexy y pequeña mariposa. Estaba claro que aquella noche podía suceder cualquier cosa y, por una vez, estaba deseando comprobar las posibilidades.

Capítulo Dos

El balcón en el que se hallaba Evangeline daba a un pequeño patio pobremente iluminado. Unos momentos después su enmascarado compañero cruzaba las puertas correderas que daban al balcón con una copa de champán en cada mano.

–No es fácil encontrar este balcón –dijo Matt a la vez que le entregaba una de las copas–. ¿Cómo sabías dónde estaba?

–Estoy alojada en el palacio de Vincenzo. Mi habitación está al final del pasillo.

–Oh. ¿Y de qué conoces a Vincenzo, Angie?

Solo su madre la llamaba así, y a Evangeline la había parecido prudente utilizar aquel nombre, aunque lamentaba haber tenido que hacerlo. Matt parecía una buena persona, alguien con quien probablemente nunca habría entrado en contacto en circunstancias normales.

–Es amigo de un amigo. ¿Y tú?

–Me alojo en el palacio contiguo a este.

Evangeline pensó que aquello tenía sentido. Lo más probable era que Matt estuviera allí pasando unos días por algún asunto de negocios.

–¿Cuánto tiempo vas a quedarte en Venecia?

–No estoy seguro.

Evangeline conocía muy bien el tono que se utilizaba cuando uno no quería que se entrometieran en su vida, de manera que decidió no presionar a Matt, aunque aquello le despertó el interés por el motivo por el que pudiera estar en Venecia. Tomó un sorbo de champán y contempló a su intrigante compañero.

Estaba sola en la ciudad más romántica del mundo y Matt representaba una oportunidad de oro para disfrutar de una tarde mágica y desaparecer antes de que se diera cuenta de quién era. La soledad iba unida a las recientes cicatrices de rechazo que la impulsaban a no permitir que nadie se le acercara demasiado. Pero un encuentro anónimo... eso era otra cosa. Si Matt no sabía quién era, no podía rechazarla, y ella no tenía la culpa de que los labios de aquel hombre hicieran que le hirviera la sangre.

Matt no se había quitado en ningún momento la máscara. Sabía que tenía una mandíbula firme, a juego con su bien definida boca y un poderoso pecho bajo las solapas del esmoquin, pero eso era todo. El resto de su rostro permanecía oculto, como su cuerpo, sus esperanzas, sus decepciones.

–¿Has tenido alguna vez un cita rápida?

–No puedo decir que lo haya hecho –dijo Matt tras tomar un sorbo de champán.

–Yo tampoco, pero siempre he querido probar.

–Yo siempre estoy dispuesto a divertirme. ¿Qué implica el juego?

–Que yo sepa, hay un límite de tiempo. Tenemos que llegar a conocernos lo más rápido posible antes de que suene la alarma. Debemos averiguar si somos compatibles.

–Yo ya sé que me gustas –dijo Matt–. No necesito jugar para eso.

Evangeline movió la cabeza sin apartar la mirada de los ojos azules de Matt. Una parte de ella quería llevar aquella instantánea atracción a su desenlace natural lo más rápido posible. Pero ninguna chica lista saltaba a la piscina sin tener ni idea de lo profunda que era.

–Considéralo parte del proceso. Está claro que hay chispa entre nosotros, y siento curiosidad por saber qué pasaría si la alimentamos.

–¿Y cómo influye el factor tiempo?

–Haz tantas preguntas como puedas tan rápido como puedas y cuando suene la alarma puedes besarme.

Matt le agarró la barbilla a Evangeline y le hizo alzar el rostro.

–¿Y si nos saltamos lo de la alarma y te beso directamente?

–Eso no es divertido –dijo ella a la vez que le retiraba la mano de la barbilla.

Matt la retiró, pero solo para enlazar los dedos con algunos de los rizos sueltos del pelo de Evangeline.

–Creo que necesitas que te recuerde lo bien que se funden nuestros labios.

Evangeline experimentó un cálido estremecimiento que le alcanzó todas las zonas erógenas.

–¿Y tu sentido de la aventura? Cinco minutos –dijo a la vez que sacaba el móvil y ponía una alarma. Lo dejó en un banco de piedra y luego miró a Matt.

–Yo primero –dijo Matt–. ¿Cuántas veces has seducido a un hombre en un balcón?

–Nunca. Estoy haciendo toda clase de excepciones contigo.

–¿Cuántas veces has seducido a un hombre?

–Una o dos veces. Pero no tengo por costumbre disculparme por tener un saludable empuje sexual. ¿Debería?

–No conmigo. Puede que sí con todos los hombres que hay abajo y que se lo están perdiendo. Tu turno.

–Estoy desnuda. ¿Qué harías primero?

–Arrodillarme y llorar de alegría. ¿De verdad vas a preguntarme lo que haría a continuación?

Oh, realmente le gustaba Matt. Algo bueno debía tener un tipo capaz de hacerle reír con tanta regularidad.

–Antes hazme más preguntas tú.

–¿Te he invitado antes a comer?

–¿Qué más da? Estoy desnuda, ¿o lo has olvidado?

–Oh, no, mi preciosa mariposa, no lo he olvidado. Lo he preguntado porque quiero hacerme una idea clara de la escena –dijo Matt mientras deslizaba la mano tras el cuello de Evangeline. Se inclinó y la besó con delicadeza en la comisura de los labios–. ¿Estás desnuda en la cama después de que

22

yo te haya desvestido? –murmuró sin apartar los labios–. ¿O estás desnuda en la ducha y no tienes idea de que estoy a punto de reunirme contigo? ¿O estás desnuda, pero dormida, y yo estoy a punto de despertarte con mis caricias?

Evangeline sintió que se quedaba sin aliento.

–Tramposo –murmuró Evangeline sin aliento–. Tú ya has jugado a este juego.

–Digamos que aprendo rápido. ¿Cuál es tu respuesta? Creo que te he hecho tres preguntas. ¿Estás en la cama, en la ducha, o dormida? Necesito saberlo para decirte lo que planeo hacer contigo. ¿O prefieres que te lo demuestre en la práctica?

Evangeline quería la demostración práctica, pero fue incapaz de hablar cuando Matt le pasó un brazo por la cintura para atraerla hacia sí y presionarla contra su cálido cuerpo.

–No hay ducha en este balcón –dijo a la vez que le apoyaba las manos en los hombros.

–Eso es cierto –murmuró Matt–. La alarma está sonando.

No era cierto, pero a Evangeline le dio igual.

En el instante en que Matt posó los labios en los suyos, sintió por segunda vez que se convertía en mercurio líquido. Aquel hombre era un maestro, ardiente, impulsivo, y sintió que sus labios se entreabrían por voluntad propia bajo la divina presión de los suyos. Gimió y ladeó la cabeza, invitándolo a profundizar el beso. Matt se sumergió de lleno en ella. Su lengua sabía deliciosamente a champán.

Pero Evangeline necesitaba más, necesitaba saciar la sed que le recorría las venas con aquel hombre tan increíblemente excitante y tan evidentemente excitado.

–Acaríciame –ordenó con voz ronca.

Matt alzó una mano y la apoyó casi indecisamente sobre uno de sus pechos. Evangeline estuvo a punto de gruñir de frustración. Sin pensárselo dos veces, tomó el borde de su aparatosa y larga falda y lo encajó bajó el fajín de su disfraz. Luego tomó la mano de Matt y la guio hacia la abertura, directamente a su trasero.

Matt dejó escapar un leve gruñido al apoyar la mano en una deliciosa nalga desnuda.

–¿Llevas un tanga? Eso es increíblemente sexy.

–No tanto como tu mano en mi trasero mientras aún sigo vestida –cuando Matt deslizó con delicadeza un dedo por la cuerda que apenas cubría su raja, Evangeline sintió que sus rodillas estaban a punto de ceder–. No pares… sigue, sigue…

Matt volvió a adueñarse de sus labios casi con voracidad a la vez que deslizaba los dedos bajo la seda. Evangeline movió instintivamente en círculos la pelvis, rogándole en silencio que continuara.

Hubiera planeado ella o no llegar tan lejos, su cuerpo no se estaba conteniendo. Estaba a punto de deshacerse bajo las caricias de las capaces manos de Matt.

Pero Matt la sorprendió apartándose y dejando escapar un profundo suspiro a la vez que le alisaba la falda con desconcertante finalidad.

–Tengo que confesarte algo, Angie.

–Estás casado –Evangeline sintió una decepción tan intensa que estuvo a punto de marearse.

–No –negó Matt con vehemencia–. Soy completamente libre. Pero no… no…

–No te sientes atraído por mí –dijo Evangeline a pesar de haber sentido contra su vientre la prueba evidente de la excitación de Matt..

–¿Cómo puedes pensar eso? Nunca me he sentido más excitado en mi vida. Pero hay un pequeño problema. Nunca en mi vida había seducido a una mujer en un balcón, así que no estoy… preparado.

–No tienes preservativo.

La risita escapó antes de que Evangeline pudiera impedirlo. Matt estaba tan atractivo mientras se pasaba una mano por el pelo con evidente frustración… Aquello la conmovió más de lo que habría esperado.

¿Dejaría Matt alguna vez de ser tan inesperado y sorprendente? Esperaba que no.

–Me alegra que encuentres tan divertida mi falta de previsión –dijo Matt, que nunca había estado tan enfadado consigo mismo ni tan alegre por el hecho de que Angie no estuviera enfadada.

Las mujeres del círculo social en que solía moverse eran sofisticadas y recatadas, desde luego, pero también poco entusiastas en su forma de abordar las cosas. Nunca había comprobado lo excitante que podía resultar estar con alguien tan desinhibido.

–No es divertida, créeme –dijo Evangeline a la vez que tiraba de las solapas del esmoquin de Matt para besarlo con dulzura–. Esto es por no tener un condón.

–¿Qué? –preguntó él, sorprendido.

–Conozco bastante a los hombres y resulta agradable encontrar de vez en cuando a alguno que no piensa con lo que lleva encerrado en los pantalones. Además, ya no estamos en la Edad Media. También podrías enfadarte tú conmigo porque no llevo preservativos.

–Supongo que eso significa que no llevas.

Angie negó con la cabeza.

–Y tampoco puedo tomar la pastilla. Me produce terribles dolores de cabeza. Pero tenemos suerte, porque estamos en Carnaval. Seguro que podemos encontrar una caja de preservativos en la habitación de Vincenzo.

De manera que ahora se veía reducido a robar unos preservativos, pensó Matt. Brillante. ¿Qué diablos estaba haciendo en aquel balcón?

–Puede que sea una señal –murmuró.

–¿Una señal? ¿De que no deberíamos enrollarnos esta noche? –preguntó Evangeline.

«Enrollarnos». Matthew Wheeler no se enrollaba. Había estado felizmente casado con la mujer perfecta, y aún lo estaría si un aneurisma no hubiera acabado con su vida. Lo que le hacía funcionar era el compromiso. Angie podía burlarse de la idea de las señales, pero él no. Se suponía que aquello no debería estar pasando y, probablemente, por algún motivo importante. ¿De verdad quería tener una aventura de una noche con alguien a quien acababa de conocer en una fiesta? Aquel no era su estilo.

El vacío palacio contiguo parecía estar murmurando su nombre, ofreciéndole un lugar al que retirarse y en el que lamer sus heridas. Allí podría irse solo a la cama, soñar con Amber y despertar bañado en sudor frío. Si es que dormía algo. A veces permanecía despierto casi toda la noche, agobiado de remordimientos por haber dejado a su familia en la estacada.

Aquella era su vida real. Aquel interludio con una mujer vestida de mariposa en un baile de disfraces no era más que una fantasía nacida de la desesperación y la soledad. No era justo utilizar a Angie para aliviar sus angustias.

Pero resultaba realmente difícil separarse de ella. Cuando la había tenido entre sus brazos, tan complaciente como ardiente, había escuchado con claridad el sonido de su alma despertando.

Los labios de Angie y sus luminosos ojos marrones habían estado a punto de hacerle perder el norte. Le había pedido que interpretara el papel de falso novio en aquella fiesta, un papel que él había aceptado con entusiasmo, pero sin considerar realmente el tremendo dolor que debía haber impulsado a Angie a pedirle aquello. No podía abandonarla.

Era posible que Matthew no se enrollara, pero tampoco tenía por qué escuchar a Matt, quien, a pesar de lo que creyera Angie, estaba pensando solo con lo que tenía entre las piernas.

—Bailemos —sugirió.

—¿En la fiesta? —preguntó Evangeline sin ocultar su sorpresa.

—¿Por qué no? Aún no has tenido la oportunidad de pasearte con tu nuevo novio ante las narices de tu ex. Además, me gustaría dar un paso atrás y asegurarme de que ambos vamos en la misma dirección.

Evangeline lo miró un momento con expresión pensativa.

—¿Qué te parece esto? Voy a la habitación de Vincenzo y lleno mi bolso de preservativos. Luego bailamos. Si te mueves al son de la música con la misma soltura que en nuestra cita rápida, creo que iremos en la misma dirección… de vuelta arriba y directos a mi cama.

Matt sintió que la bragueta se le tensaba un poco más. ¿Cuántas veces tendría pensado Angie enrollarse con él? Agitó la cabeza para despejarla de las eróticas imágenes que la estaban invadiendo, pero no le sirvió de nada.

—Me considero advertido —dijo Matt a la vez que tomaba a Angie de la mano para bajar al salón. Al menos, en una habitación llena de gente tendría que reprimir la tentación de meter la mano bajo su falda.

***

En cuanto llegaron al salón Matt se sumergió con Evangeline en el mar de parejas que bailaban en aquellos momentos al son de una lenta balada. Angie se fundió al instante con él y comenzó a ondular sus caderas en un movimiento hipnótico y tremendamente sensual.

Trató de imitar sus movimientos, pero en lo único que lograba pensar era en su tanga de seda. Además, tenía la boca muy cerca de la oreja de Angie y empezó a experimentar un deseo casi incontenible de mordisqueársela. En lugar de ello, carraspeó para aliviar la tensión sexual que estaba experimentando su cuerpo.

—¿Y si seguimos con nuestra cita rápida, pero tomándonosla con más calma?

Evangeline apartó un poco la cabeza para mirarlo.

—Te escucho. Pregunta.

—¿Cuál es tu color favorito?

—Eso es tomárselo con demasiada calma. No tengo un color favorito. Me gusta el arcoíris —alguien empujó involuntariamente a Evangeline, uniéndolos aún más—. ¿Y el tuyo?

El olor de su pelo hizo que se le debilitaran las rodillas a Matthew. Cuando habían estado en el balcón no lo había notado tanto, pero en los confines de aquella abarrotada sala, el exótico aroma pareció invadir todos sus sentidos.

—El negro. Va con todo.

—Qué práctico. ¿Dónde naciste?

—En Dallas. ¿Y tú?

–En Toronto. Mi madre se trasladó a Detroit cuando yo era un bebé.

–¿Eres estadounidense?

–No soy nada y soy todo –dijo con una risita que no sonó muy convincente.

–¿Tu madre sigue viviendo en Detroit?

–Ahora vive en Mineápolis con su cuarto marido. Tengo fami… otras personas en Detroit.

¿Otras personas? Matthew no preguntó nada al respecto. El dolor que había captado en el tono de Angie había sido casi palpable, y si hubiera querido darle aquella información, lo habría hecho.

–Entonces, ¿vives en Europa?

–O donde me lleve el viento –Angie dijo aquello en un tono de desenfado que no engañó a Matthew–. ¿Tú sigues viviendo en Dallas?

–No –contestó Matthew, que, tras la muerte de su mujer había vendido su casa, su coche, todo–. Yo también voy adonde me lleva el viento.

Al menos hasta que encontrara el camino de vuelta a casa.

Evangeline dejó de bailar de pronto, tomó a Matt de la mano y tiró de él hacia un lateral de la pista, donde le dedicó una mirada cargada de compasión.

–Lo siento.

–¿Por qué?

–Por lo que fuera que te pasara.

Evangeline no interrogó a Matt, aunque era evidente que podía leer entre líneas tan bien como él.

Una oleada de comprensión corrió de uno a otro. Ambos estaban buscando. Ambos acarreaban en su interior secretos llenos de dolor, tristeza y soledad. No eran diferentes.

—Me alegra que el viento nos llevara al mismo sitio —susurró Evangeline.

Toda pretensión y simulación de una cita rápida se esfumó al instante. Allí estaba sucediendo algo mucho más significativo.

—Yo también.

La muerte de Amber le había destrozado el corazón a Matthew, que no podía imaginar volver a sentir algo tan intenso por nadie. Durante meses y meses había tratado desesperadamente de volver a sentir al menos algo y, de pronto, como una sirena surgida de entre la niebla en medio del mar de su dolor, había emergido aquella grave voz de fantasía.

Angie era un regalo, un regalo que no estaba preparado para rechazar.

No quería una simple noche de aventura con cualquier mujer, pero no podía resistirse a explorar lo que dos almas destrozadas podían ofrecerse mutuamente.

Con las ideas más claras, tomó a Angie de la mano y sonrió.

—Tengo una idea mejor que subir arriba. Ven a casa conmigo.

A Evangeline le gustó cómo sonó aquello. Ella nunca había tenido una casa, un hogar.

Había tenido un padrastro nuevo cada pocos

años, a Lisa, una medio hermana a la que su padre había preferido, y un montón de aviones, viajes y habitaciones de hotel.

Le habría encantado poder permitirse algo tan sencillo y tan dolorosamente honesto como un hogar. Pero ¿y si se quitaba la máscara y Matt resultaba ser un periodista? O algo peor.

Parpadeó y miró a Matt coquetamente a la vez que dejaba escapar una risita.

–¿Qué me estas proponiendo exactamente?

–Una continuación. Nada de ex. Nada de multitudes. Nada de reglas. Solo tú y yo.

–¿Y qué dirías si te pidiera que conservemos las máscaras puestas?

–Nada de reglas. Para nada.

Evangeline experimentó un delicioso estremecimiento en su interior.

–¿Cómo puedo saber que no estás planeando algo demasiado atrevido?

–No puedes saberlo. Sería un acto de fe para ambos.

El travieso destello de la mirada de Matt no bastó para tranquilizar a Evangeline, pero sí despertó su interés.

–Puede que me atraiga lo atrevido.

–Cuento con ello –dijo Matt a la vez que tiraba de ella–. Vamos.

Salieron del palacio de Vincenzo y subieron por una ornamentada escalera exterior a la segunda planta. Matt sostuvo la puerta para dejar pasar a Angie y luego encendió las luces.

–Bienvenida al Palacio de Invierno.

Evangeline se quedó sin aliento. Las paredes estaban cubiertas de frescos que se extendían hasta el techo, donde los colores estallaban en un estilo renacentista de incomparable belleza. El magnífico suelo de terrazo con trocitos de mármol llevaba hasta tres pares de puertas correderas que daban a un balcón desde el que se divisaba el Gran Canal.

En el centro del salón había tres grandes sofás de cuero verde situados en forma de U. Desde cada uno de ellos podía disfrutarse de unas asombrosas vistas de Venecia.

–Esto es increíble –murmuró, maravillada–. No tenía idea de que aún existiera algo así en Venecia.

–No está mal – Matt esbozó una sonrisa–. La planta baja aún no ha sido restaurada. Los dormitorios están arriba. ¿Quieres que te los enseñe?

–¿Eso es una sugerencia? –Evangeline sonrió al ver la apesadumbrada expresión de Matt. Era encantador de un modo que parecía imposible en conjunción con su fuerte y atractiva personalidad–. Porque si es así debo decir que ha funcionado extraordinariamente bien. No solo quiero ver los dormitorios por motivos estéticos, sino que también quiero quitarme este vestido lo antes posible.

Evangeline se volvió hacia las escaleras, pero Matt tiró de ella y la miró con sus preciosos y penetrantes ojos azules, capturándola con ellos y negándose a liberarla.

–No te he invitado aquí solo para que te desnudes, Angie. Cuando he dicho que no había reglas, me refería a que tampoco había expectativas. Si no sucede nada, no hay problema. No me importa si nos dedicamos a charlar hasta el amanecer.

–Matt… –Evangeline fue incapaz de seguir hablando.

Aquel hombre no se parecía a ninguno de los que había conocido hasta entonces. Poseía un destello de vulnerabilidad y una profundidad que la atraían como un imán. Y no lograba entender su contención. Los hombres que había conocido hasta entonces tomaban lo que querían cuando querían. Pero aquel no. Era evidente que le estaba diciendo que aún tenía opciones. No la veía como un simple medio para saciar sus deseos, sino que valoraba realmente su compañía.

–A mí tampoco me importa que hablemos –murmuró.

–¿Es eso lo que quieres?

Evangeline ansiaba la atención de aquel hombre que parecía comprender exactamente lo que necesitaba y cuándo lo necesitaba, que parecía comprender lo que suponía el peso de la pérdida, el dolor de verse a la deriva, desesperada por encontrar un lugar en el que anclar.

–Solo quiero estar contigo.

–Pues me tienes durante todo el tiempo que quieras. No me voy a ningún sitio –como para demostrarlo, Matthew se acercó a un interruptor con el que bajó la intensidad de las luces, creando al instante un ambiente romántico. Luego se sentó en el sofá y extendió las manos–. Considérame una

especie de festín elaborado con muy diversos in-
gredientes.

–Eso es algo que no he probado hasta ahora
–Evangeline rio–. Y por cierto, no estaba bromean-
do con lo de quitarme el vestido. Apenas me deja
respirar y es muy pesado.

–¿Quieres que te deje una camiseta?

–Umm, en realidad no. Lo que necesito es tu
ayuda –Evangeline se quitó los zapatos, cruzó la
habitación y se sentó en el sofá de espaldas a
Matt–. Los lazos de la espalda son imposibles de alcanzar.

Matt le alzó los rizos para colocarlos sobre su
hombro. Luego deslizó las manos por ambos lados
de las alas, alimentando el fuego que había encen-
dido en el balcón y que no se había extinguido lo
más mínimo. Sus fuertes dedos tiraron de los lazos
que sujetaban las alas para quitárselas.

Evangeline esperaba sentir sus labios en un
hombro, en la columna de su cuello. Pero, cuanto
más se contenía Matt, más loca la volvía.

No había duda de que era un maestro en el juego de la anticipación. Entre otras cosas. Cuando finalmente lo tuviera desnudo y bajo su cuerpo, le
iba a enseñar un par de cosas.

Finalmente, tras una eternidad, las alas fueron
liberadas del corpiño, lo que alivió la tensión del
corsé y permitió que sus pechos afloraran parcial-
mente por el escote del vestido. Pero Matt seguía
sin hacer nada.

–Me lo tienes que quitar por encima de la cabeza –dijo Evangeline sin volverse a la vez que alzaba los brazos–. ¿Puedes…?

Matthew tiró hacia arriba del vestido hasta elevarlo por encima de su cintura. Cuando se lo sacó por la cabeza, la máscara de Evangeline se descolocó, pero volvió a ponérsela enseguida.

Finalmente, cuando se quedó completamente desnuda, excepto por las braguitas y la máscara, se preguntó qué haría Matt primero. Su respuesta en el balcón al respecto había sido enloquecedoramente ambigua.

Mientras Matthew dejaba el vestido en el sofá, Evangeline permaneció de espaldas a él. Estaba experimentando tal tensión sexual que temió desmayarse.

–Así que ¿de qué querías hablar? –preguntó con voz ronca.

Matthew rio con suavidad.

–Me estaba preguntando sobre esto –dijo a la vez que deslizaba un dedo por el tatuaje que llevaba Evangeline en la parte baja de la espalda, una serie de notas musicales en un pentagrama.

–Es un tatuaje –replicó ella a la vez que experimentaba un temblor que apenas pudo controlar.

–Las notas son los colores del arcoíris.

Nadie se había fijado nunca en eso.

–La música es importante para mí –aquello era más de lo que Evangeline pretendía decir. Reprimió de inmediato la pena, como siempre, el deseo de tener una voz con la que expresar el dolor. Pero si recuperara la voz no tendría ningún dolor que expresar. Estaba encerrada en un cruel y vicioso círculo del que no podía escapar. Pero al menos aquella noche no tenía que enfrentarse a solas a la oscuridad.

—Matt… —murmuró.

—Angie.

—Solo me estaba asegurando de que seguías ahí. ¿Vamos a hablar más o preferirías hacer otra cosa?

—¿Eso es una sugerencia?

—Sí, lo es —Evangeline nunca había deseado tanto estar con alguien. ¿Qué tenía que hacer para que Matt se animara?—, pero está claro que no ha tenido efecto.

—Date la vuelta, Angie.

Evangeline obedeció y Matt la miró lentamente de arriba abajo, haciéndole experimentar un delicioso cosquilleo en todas las partes de su cuerpo en las que detuvo su mirada.

—Eres la mujer más preciosa del mundo. Ven aquí.

Matt la tomó de las manos a la vez que se levantaba, la estrechó entre sus brazos y la besó.

Cuando sus cuerpos y sus labios se encontraron, Evangeline sintió que estallaba un incendio entre ellos. Qué equivocada estaba. Matt sí era un hombre que tomaba lo que quería. Y al parecer quería consumirla en su fuego.

Y ella quería permitírselo.

Cuando Matt ladeó la cabeza para tener acceso con su boca al cuello de Evangeline, sus máscaras se engancharon. Matt las desenredó pacientemente y luego la miró.

—Nada de expectativas. ¿Te parece bien? —preguntó a la vez que deslizaba una mano hacia la parte baja de la espalda de Evangeline.

Ella cerró los ojos un instante y gimió.

—Me parece perfecto, pero, por favor, no digas que lo que te apetece hacer en realidad es hablar.

Matthew rio.

—No voy a decirlo, pero estoy totalmente dispuesto a hablar si eso es lo que quieres.

Evangeline negó con la cabeza de un modo casi imperceptible.

—Te deseo.

—Eso está bien, porque estoy a punto de hacerte el amor.

Evangeline anhelaba que lo hiciera, anhelaba sentirse colmada por aquel hombre tan distinto, quería sentir la conexión de sus cuerpos, de sus mentes. De sus almas.

—Angie —murmuró Matt casi reverencialmente a la vez que le pasaba una mano por el cuello.

—Para —dijo Evangeline al sentir el escozor de las lágrimas en sus ojos, unas lágrimas desconcertantes porque quería algo más de él—. Para.

—De acuerdo.

Cuando Matt retiró las manos, Evangeline sintió que sus rodillas se volvían de goma.

—¡No! No pares de tocarme. Pero para de llamarme Angie —sin detenerse un instante a pensar en lo peligroso que podía resultar hacerlo, alzó una mano y se quitó la máscara–. Mi nombre es Evangeline. Hazme el amor a mí, no a la máscara.

–Evangeline –repitió Matt lentamente. Sí. El nombre encajaba con aquella angelical y alada mujer que se había desnudado ante él en más de un sentido.

–Angie es un apodo. En realidad soy Evangeline.

Una desconcertante emoción le atenazó la garganta a Matt.

–Es un honor que hayas confiado en mí diciéndomelo.

Evangeline había hecho mucho más que simplemente quitarse la máscara. El significado de su gesto hizo que Matt se sintiera culpable. Él también podía quitarse físicamente la máscara que llevaba en el rostro, pero no la que llevaba dentro.

A pesar de todo, se quitó el antifaz y lo dejó caer al suelo.

Evangeline fijó la mirada en su rostro un largo momento. ¿Quién habría pensado que el mero hecho de quitarse la máscara provocaría tal intensidad?

–Dios, estás buenísimo…

–La mayoría de la gente suele llamarme por mi nombre, pero si quieres llamarme Dios no pienso protestar.

Evangeline rio y sus firmes pechos presionaron contra el de Matt.

–Vaya manera de distender el momento. Es un talento poco habitual.

Matthew había pretendido aliviar su propio bochorno ante la franca admiración de Evangeline, que incluso Amber había solido manifestar con poca frecuencia. Pero si Evangeline quería creer que tenía superpoderes, mejor que mejor.

–¿Hemos terminado ya con las revelaciones?

–En absoluto. Ahora que he visto lo que hay debajo de la máscara, me muero por echar un vistazo a lo que hay debajo del traje –dijo Evangeline a la vez que empezaba a quitarle la corbata.

–Espero no decepcionar tus expectativas –replicó Matt, que de pronto se sintió inesperadamente nervioso. Antes de interiorizar las implicaciones de aquellos nervios, tomó a Evangeline en brazos y la subió al dormitorio.

–Seguro que un hombre capaz de hacer eso sin quedarse sin aliento tiene un cuerpo magnífico –dijo ella a la vez que la dejaba sobre la cama–. ¡Guau! –exclamó al mirar el techo–. ¡Menudo fresco!

Matthew siguió la dirección de su mirada hacia las dieciséis pinturas originales renacentistas que adornaban el techo del dormitorio.

–Es mi favorito.

–A mí también me gusta. Pienso quedarme aquí tumbada mirándolos mientras vas a por los preservativos que he guardado en mi bolso… que está abajo –Evangeline le dedicó una pícara sonrisa mientras este maldecía y se volvía para salir.

***

Bajar a por el bolso le hizo experimentar una saludable dosis de realidad. Estaba a punto de mantener relaciones sexuales con una virtual desconocida a la que acababa de ver el rostro por primera vez hacía unos momentos. ¿De verdad pensaba seguir adelante con aquello?

Pero se trataba de una sola noche. Una noche en la que tenía la oportunidad de alejar la marejada de su dolor y volver al mundo de los vivos pasando tiempo con una mujer preciosa que le hacía sentirse un metro más alto.

Cuando regresó al dormitorio encontró a Evangeline semicubierta por la colcha. Estaba observando el techo con los labios fruncidos, el pelo extendido sobre la almohada y los pechos expuestos. Su falta de inhibición dejaba estupefacto a Matthew. Lo excitaba.

El cuerpo se le endureció y los dedos le cosquillearon al recordar la suavidad de su piel. Aquella noche era una oferta poco común y se consideraba muy afortunado por haberla obtenido.

Evangeline le dedicó una seductora sonrisa al verlo.

—Tú, ven aquí.

Solo un loco habría dejado pasar por alto una oferta del destino como aquella.

Matthew se quitó los zapatos y los calcetines con una mano mientras cruzaba la habitación. Arrojó el bolso de Evangeline sobre la almohada y contempló sus maravillosas formas, perfectas a la luz de la lámpara.

–Espera un momento –dijo a la vez que sacaba una caja de cerillas del cajón de la mesilla para encender los candelabros de pared que había a ambos lados de la cama. Luego apagó la luz.

–Muy bonito. Habrías conseguido traerme aquí aún más rápido si me hubieras dicho que eso era lo primero que ibas a hacer una vez que estuviera desnuda –Evangeline se irguió en la cama y le tomó de las solapas de la chaqueta para quitársela–. Además llevas demasiada ropa puesta y empiezo a sentirme tímida.

–No entiendo por qué –dijo Matt mientras dejaba caer la chaqueta al suelo. Eres preciosa.

Tras quitarle la corbata, Evangeline apoyó las manos en su pecho y se puso de rodillas para mirarlo a los ojos. En su expresión destellaron cientos de emociones.

–Tú sabes por qué –murmuró.

Matthew lo sabía. Sabía que estaba viendo en los ojos de Evangeline las mismas emociones que sin duda ella estaba viendo en los suyos. Había una comunicación no verbal pero muy real entre ellos. Evangeline no se sentía tímida por su desnudez, sino porque se había quitado la máscara y temía descubrir que había cometido un error al fiarse de él.

Aquella noche se trataba de dos personas buscando un puerto en medio de la tormenta. Pensaba seguir adelante con aquello porque quería honrar la confianza que le estaba mostrando Evangeline. Quería estar con aquella mujer, tan diferente a las que solía conocer, totalmente inadecuada para un agente inmobiliario de Dallas, pero perfecta para un hombre que ya no sabía quién era ni cómo vivir su vida. Quería ver qué pasaba si decidía pasar por alto las reglas. No podía ser peor que el purgatorio de los pasados dieciocho meses.

Si lo llevaba bien, sería espectacular, significativo. Y Matthew lo hacía todo bien.

–No voy a decepcionarte –dijo con voz ronca.

–Lo sé. De lo contrario no estaría aquí. Nunca había hecho algo así. En ese caso ya eran dos, pensó Matthew.

–Nada de expectativas –recordó–. Nada de reglas.

–Lo recuerdo. Pero yo tengo una regla –murmuró Evangeline mientras empezaba a desabrocharle los botones de la camisa–. Yo exploro primero y tú tienes que esperar tu turno.

Matt sintió tal tensión en la entrepierna que se le curvó la espina dorsal. No recordaba que ninguna mujer lo hubiera desnudado nunca tan provocativamente.

–Esa regla es bastante injusta. ¿Por qué no podemos hacerlo a la vez?

–Porque lo he dicho yo –dijo Evangeline a la vez que desabrochaba el último botón de la camisa para deslizar las manos por el pecho desnudo de Matt hasta sus hombros–. De hecho, la regla dice que yo puedo explorar dos veces.

Sin previa advertencia, hizo girar a Matt y le ató las manos a la espalda con la camisa.

–Eso no me parece justo –protestó él sin demasiada convicción.

–Todo está permitido en el amor y en la guerra –aún de rodillas en la cama, Evangeline hizo girar de nuevo a Matt y le deslizó un dedo por el pecho hasta la cintura de sus pantalones–. Te soltaré cuando haya acabado con mi exploración –murmuró mientras deslizaba hacia abajo los pantalones y los calzones de Matt y contemplaba embelesada su erección.

Él terminó de quitarse la ropa de una patada.

–Sabes que si quiero puedo librarme fácilmente de las ataduras.

–Pero no lo harás –el tono desenfadado de Evangeline no engañó a Matthew en lo más mínimo, que decidió seguirle la corriente, aunque pensaba tomarse la revancha en cuanto pudiera. Con un suave suspiro, Evangeline alzó una mano y giró un dedo en el aire.

–Date la vuelta. Quiero verlo todo.

Matt se volvió hacia la pared opuesta, ligeramente incómodo y terriblemente excitado al imaginar a Evangeline deslizando la mirada por su cuerpo desnudo.

–¿Cuándo comienza la exploración con la boca? –preguntó por encima del hombro.

La respuesta de Evangeline fue una caricia en la base de su columna vertebral. Para cuando alcanzó el cuello, su lengua se había unido a la fiesta. Matt dejó escapar un ronco gemido cuando sintió que le lamía el lóbulo de la oreja, y permitió que le hiciera girar de nuevo lentamente mientras seguía explorando con la lengua el contorno de su mandíbula.

La conversación quedó zanjada cuando Evangeline lo besó. Matt habría querido corresponderla, pero no podía. Su honor lo obligaba a contenerse mientras ella lo volvía loco rozándole con los pezones el pecho mientras lo besaba.

Finalmente, Evangeline interrumpió el beso y arqueó sensualmente la espalda. La seda de sus braguitas rozó el miembro de Matt, que estuvo a punto de perder el control.

«No», se dijo con firmeza, y respiró profundamente por la nariz para refrenar su reacción.

–Matt –murmuró Evangeline en el tono más sensual que él había escuchado en su vida–, cuando te vi por primera vez me fijé en tus competentes manos, y ahora quiero sentirlas en mi cuerpo –añadió a la vez que liberaba las muñecas de Matt de sus ataduras.

Matt solo necesitó una fracción de segundo para tomar sus labios a la vez que deslizaba las manos por su espalda hacia su trasero para atraerla contra su erección. Por fin empezaba a dejar de sentirse helado y desorientado.

Cuando introdujo los dedos bajo el triángulo de las braguitas de seda de Evangeline, ella gimió y se movió, buscándolos a la vez que echaba atrás la cabeza.

Aquella mujer no se parecía en nada a Amber. Matt trató de apartar aquella comparación de su mente, pero no pudo frenarla. Amber había sido una mujer sofisticada, elegante, bella al modo de un cisne de cristal que hubiera que manejar con especial cuidado. Siempre la había reverenciado como futura madre de sus hijos, y habían compartido una fuerte relación basada en sus metas e intereses comunes. Su vida amorosa se convirtió en algo maravilloso y bueno... pero siempre en la oscuridad, bajo las sábanas, algo que nunca le importó.

Pero aquello era completamente distinto, increíblemente erótico, animal, escandaloso. Evangeline no era Amber. Y aquella noche no había reglas.

Quería sumergirse en el cuerpo de aquella mujer, y resurgir como un nuevo hombre.

Capítulo Tres

Evangeline rodeó a Matt con los brazos, instándolo con sus movimientos a darse prisa. Pero al parecer no había forma de meterle prisa. Las caricias de sus dedos dentro y fuera de su cuerpo la estaban volviendo loca. Finalmente, con increíble contención, le quitó las braguitas. Luego le hizo ladear la cabeza y comenzó a succionarle con delicadeza el cuello a la vez que le hacía separar los muslos con uno de los suyos.

Evangeline nunca había experimentado un deseo tan intenso tan rápidamente, nunca se había sentido más caliente y dispuesta. Cuando Matt aplicó a sus pezones las mismas succiones que había dedicado a su cuello, arqueó la espalda en la cama y dejó escapar un sensual gemido al sentir que sus partes más femeninas se contraían.

–¡Ahora, Matt! Ahora, por favor...

Se suponía que aquello era una exigencia, no un ruego, pero las palabras surgieron de entre sus labios como un sollozo roto... aunque ya le daba igual que aquel hombre hubiera logrado hacer que le suplicara.

Para su frustración, Matt decidió en aquel momento sacar un preservativo y ponérselo. Afortunadamente, apenas tardó unos segundos en volver a situarse entre sus muslos y penetrarla, mirándola intensamente a los ojos mientras se transformaban en un solo ser. Algo muy poderoso, casi divino, creció entre ellos, y Evangeline sintió que su corazón se inflamaba.

No, nunca había hecho aquello porque no tenía idea de qué era aquello.

Desde luego, no era una conexión cualquiera. Pero tampoco era seguro. Cuanta más profunda fuera la conexión, más profundo podría resultar el dolor.

Se había quitado la máscara en una apuesta calculada y Matt no la había reconocido. Aquello debería permitirle disfrutar de aquella noche en la que un hombre no podía hacerle daño porque en realidad no sabía quién era. La experiencia debería estar resultando liberadora, no confusa.

Buscó desesperadamente alguna forma de anular la vulnerabilidad que Matt le despertaba solo con mirarla a los ojos.

—Así no —dijo a la vez que contoneaba sus caderas bajo el cuerpo de Matt, que se apartó a un lado, confuso.

—¿Es demasiado pronto?

—Demasiado misionero —contestó Evangeline a la vez que se arrodillaba en la cama de espaldas a él y volvía el rostro para mirarlo a la vez que contoneaba el trasero—. Inténtalo así.

Matt sonrió y al instante pegó su torso al trasero de Evangeline para penetrarla por detrás. Ella pensó que así estaba mejor. En aquella postura no podía ver toda aquella emoción. Y viceversa. Podían darse placer mutuamente y alejar por una noche la soledad de sus vidas para luego seguir adelante.

Por la forma en que Matt la tomó de las caderas, se notó que aquel no era su primer rodeo. Se dejó llevar por las sensaciones y gimió mientras Matt la calentaba expertamente. Su nombre escapó de entre sus labios y, demasiado tarde, comprendió que daba igual si no podía verle el rostro. Sus caricias poseían una profundidad que nunca habría creído posible.

Los ojos se le llenaron de lágrimas. Quería que aquel contacto significara todo lo que sentía que significaba, pero le aterrorizaba admitirlo. ¿Cómo iba a convencerse de que aquello no era más que una breve aventura si Matt la trataba así?

El orgasmo, rápido, poderoso y asombroso, se adueñó de todo sus ser en la segunda penetración de Matt, que alcanzó el suyo a la tercera.

Evangeline se dejó caer boca abajo sobre la cama y Matt la tomó entre sus brazos cuando aún seguían estremeciéndose. Evangeline se acurrucó gustosa junto a él, sorprendida por lo natural que le resultó hacerlo, cuando normalmente no le apetecía que la tocaran mientras su cuerpo se enfriaba.

–Nunca en mi vida había llegado tan rápido –dijo, jadeante–. Creo que esa es mi nueva posición favorita.

Aunque también era cierto que no había supuesto la cura que había imaginado para su confusión. Y seguir tumbada junto a Matt mientras este le acariciaba con una mano la cadera tampoco estaba ayudando. Las poderosas llamas de deseo que había despertado en ella no habían sido solo sexuales. Quería que Matt fuera diferente. Especial.

Estaba claro que debía vestirse e irse cuanto antes. De inmediato, antes de averiguar que no lo era.

—También se ha convertido en mi posición favorita —dijo Matt tras carraspear—. Aunque estoy dispuesto a probar otro par de posturas para cerciorarme. Ya sé que tenemos un montón de condones, pero no es fácil recuperarse de una mujer como tú.

Evangeline tuvo que sonreír al escuchar aquello. Resultaba agradable saber que no era ella la única que se había sentido tan afectada.

En parte se había preparado para ser rechazada después. Tal vez incluso había esperado que fuera así; resultaba más seguro. No a todos los hombres les gustaba que las mujeres siguieran merodeando después de haber mantenido relaciones sexuales con ellas.

—¿Qué te parece si nos limitamos a hablar? —de inmediato se preguntó de dónde habría salido aquello. Ella nunca se quedaba después.

Pero lo cierto era que quería toda una noche de fantasía, una noche en la que nada importara excepto estar con un hombre que le gustaba y al que no le importaba que siguiera por allí.

–¿Te refieres a una continuación de nuestra cita rápida?

–No estoy segura de que podamos encontrar más niveles de compatibilidad, desde luego, pero sí.

Matt rio.

–Sí, está claro que nos entendemos. Al menos en la cama, lo que es fantástico. Ya hacía tiempo.

–¿En serio? ¿Cuánto?

–Un año y medio, más o menos.

Evangeline se quedó momentáneamente boquiabierta.

–¿En serio? ¿Eres cura o algo parecido? ¿Te he hecho romper los votos?

–No –Matt permaneció en silencio unos segundos–. Murió mi esposa.

Algo ardiente estalló en el pecho de Evangeline. Había percibido el dolor de Matt, pero nunca habría imaginado que tuviera raíces tan profundas.

–Oh, Matt. Cuánto lo siento –murmuró antes de tomar sus labios en un prolongado y compasivo beso.

–Gracias –susurró él contra sus labios–. Fue hace tiempo. Supongo que cuando has sugerido que siguiéramos hablando no te referías a algo así, pero he pensado que deberías saberlo.

–Por eso viajas sin rumbo – Evangeline asintió lentamente–. Estás buscando alguna forma de clausurar esa fase de tu vida y no sabes cómo –el asentimiento de Matt confirmó lo que había adivinado.

Resultaba casi inverosímil que Matt fuera viudo.

–La gente de nuestra edad no debería morir –murmuró Evangeline.

La gente de su edad tampoco debería perder su voz por una mala práctica quirúrgica, pero en la vida sucedían toda clase de cosas terribles sin ninguna explicación. Pero ella no podía ni quería compartir su propio dolor con él, y no resultaba justo que Matt hubiera dado con alguien que no estaba dispuesta a mostrarse vulnerable.

–¿Somos de la misma edad? –preguntó Matt, sorprendiéndola.

–Tengo veintisiete.

–Yo treinta y dos –Matt sonrió–. No soy tan mayor como para necesitar demasiado rato para recuperarme.

Evangeline permitió que cambiara de tema besándola hasta dejarla sin aliento y situándose encima de. Cuando la miró vio que sus ojos estaban llenos de ella, no de su dolor. Habían conectado en su mutua búsqueda de un modo de combatir la oscuridad, y estaba funcionando.

Al menos podían tenerse el uno al otro durante una noche mágica.

Cuando Evangeline despertó, Matt la estaba contemplando con la mejilla aún apoyada en la almohada. La luz del sol entraba a raudales por la ventana. Sus fuertes rasgos y sus ojos azules resultaban aún más atractivos a la luz de la mañana.

–Hola –saludó con una sonrisa a la vez que la tomaba de la mano y se la llevaba a los labios para besarla.

Evangeline le devolvió la sonrisa.

–Me gusta tu rostro. Lo has tenido cubierto casi toda la noche y apenas he podido mirarlo.

–No hay nada especial en mi rostro –al margen de lo famoso que era. Evangeline se irguió en la cama con intención de volar antes de que la conversación tomara un rumbo que no le gustaba.

Además, era casi mediodía. Ya llevaba allí suficiente tiempo.

Pero Matt la tomó por la muñeca para retenerla.

–Podría pasarme horas mirándote.

–Claro que podrías. A fin de cuentas, estoy desnuda –dijo Evangeline, aunque sabía que Matt no estaba mirando su cuerpo desnudo.

–Aún tienes plumas en el pelo.

–¿En serio? –Evangeline se llevó la mano a la cabeza y comprobó que una maraña de horquillas sujetaba aún en parte su peinado. Genial. Su pelo debía parecerse a un nido de pájaros.

–Permíteme –dijo Matt a la vez que se arrodillaba en la cama.

Cuando la sábana que lo cubría se deslizó de su cuerpo, Evangeline sintió que el estómago se le contraía. Había muy pocas cosas típicas en Matt, y su magnífico cuerpo no era una excepción.

Se situó tras ella, lo suficientemente apartado para no tocarla, aunque Evangeline pudo percibir el calor que emanaba de su cuerpo desnudo. Con una delicadeza casi dolorosa, empezó a quitarle las horquillas del pelo.

Evangeline sintió que los rescoldos del fuego de la noche anterior se avivaban peligrosamente.

–Esa era la última horquilla –dijo Matt, aunque sus manos siguieron en el pelo de Evangeline, desenredándoselo. Luego las deslizó hasta su cuello y le alzó los rizos para besarla. Sus cálidos y talentosos labios hicieron que Evangeline experimentara un cálido estremecimiento.

Pero no debía quedarse. La noche había acabado, y la luz de la mañana hacía que la realidad se impusiera a la magia.

–Matt…

Los labios que le estaban acariciando el cuello se apartaron.

–¿Estás a punto de decirme que deberías estar en otro sitio? ¿Que ha sido agradable conocerme pero que la fiesta se ha acabado?

–No tengo ningún sitio en el que estar –contestó Evangeline.

–Entonces, no te vayas –murmuró Matt a la vez que la atraía contra su pecho y seguía besándola. Evangeline sintió que su interior se licuaba como miel caliente. No iba a ningún sitio. Pero tampoco pensaba volver hacerlo de espaldas.

Giró en los brazos de Matt y lo rodeó con las piernas por la cintura.

–Ni se te ocurra tratar de librarte de mí, vaquero.

Matt rio.

—No todo el mundo en Texas se dedica a los rodeos.

—¿Quién está hablando de rodeos? —preguntó Evangeline a la vez que lo empujaba para tumbarlo de espaldas. Matt estaba palpablemente excitado, poseía un torso fuerte y bien definido y sonreía traviesamente. Iba a merecer la pena verlo mientras...

—Es tu turno de ocuparte de los condones —murmuró Matt con la mirada oscurecida por el deseo.

Evangeline se inclinó para tomar uno de la mesilla de noche y lo abrió con los dientes.

—Hecho.

—En ese caso, monta, cariño —Matt cruzó los brazos tras la cabeza y le dedicó un guiño—. Esta vez no vas a necesitar atarme.

—Veo que te gustó la experiencia —Evangeline se arrepintió de inmediato de haberle dado aquella frívola respuesta. Porque no quería ser frívola. No quería diversión y juegos. Quería al Matt profundo y tierno de la noche pasada, al Matt que le había hecho sentirse valorada, apreciada.

—Aún tengo que descubrir algo de ti que no me guste.

—Está claro que te tengo engañado.

—No creo —replicó Matt a la vez que le dedicaba una intensa mirada.

Evangeline apartó la mirada y dejó caer el preservativo en la cama.

–En realidad no me conoces –dijo.

–Eso no es cierto –Matt alzó una mano para tomarla por la barbilla–. Te reconocí en cuanto te quitaste la máscara.

Evangeline sintió que el corazón se le detenía. ¿Por qué no le había dicho la noche anterior que la había reconocido? Al parecer, Matt tampoco era especial. La decepción que experimentó estuvo a punto de hacerla sollozar.

–Algo en mi interior te reconoció –continuó Matt–. No fue como si te hubiera reconocido del instituto o algo parecido. Fue un reconocimiento interior. Nunca me había pasado nada parecido. Pensaba que tú también lo habías sentido.

El corazón de Evangeline comenzó a recuperar los latidos.

–La primera vez que me besaste sentí que en realidad no era la primera vez. ¿Te refieres a eso?

–Exacto –dijo Matt con la mirada brillante. Todo lo que sucede entre nosotros está... bien. Estamos aquí desnudos, manteniendo una conversación, y no resulta nada extraño.

–Para mí es muy agradable, desde luego –dijo Evangeline con una sonrisa.

–Y para mí. Sé todo lo que necesito saber de ti. Eres mi mariposa.

Matt se irguió y tomó los labios de Evangeline en un beso cargado de promesas, y, en un instante, ella volvió a anhelar cosas que no debía, como otra noche en brazos de un hombre que no estaba deseando librarse de ella, que sabía valorarla. Pero quedarse sería como dar permiso a Matt para acercarse más a ella... y eso no podía ir bien.

Contempló los intensos ojos azules de Matt. Una vocecita en su interior le susurró que no estaba valorando adecuadamente a aquel hombre tan atípico.

Matt besó a Evangeline hasta que empezó a sentir que se le derretía el cerebro. La tenía desnuda en el regazo, con las piernas en torno a la cintura. La postura resultaba tan erótica que estaba a punto de perder el control y estallar.

Mientras ella se situaba sobre él, buscó a ciegas el condón que había dejado caer en la cama y se lo puso rápidamente, antes de que fuera demasiado tarde. Finalmente, le deslizó las manos bajo el trasero y la alzó ligeramente para poder penetrarla. Lo hizo en un solo movimiento, hasta el fondo, y ella murmuró su nombre mientras empezaban a moverse al unísono, de un modo perfectamente sincronizado, aumentando la sensación de unión hasta que ambos alcanzaron simultáneamente la cumbre del placer.

Aún estremeciéndose, Matt rodeó a Evangeline con los brazos y la retuvo con fuerza contra su torso mientras las oleadas del placer que acababan de experimentar iban remitiendo. Apoyó los labios en su sien sintiendo que no habría querido moverse de aquella posición ni aunque su vida hubiera dependido de ello.

–¿Tienes hambre? Voy a preparar el desayuno.

–¿Te importa si me ducho antes? –preguntó Evangeline, que a continuación dejó escapar un sonidito de frustración–. Pero había olvidado que no tengo nada aquí. ¿Sigue en pie la oferta de una camiseta?

–Por supuesto. Dame un minuto en el baño y luego es todo tuyo –Matt apartó a Evangeline de sus muslos y disfrutó viendo cómo se tumbaba de espaldas.

Tras sacar una camiseta del armario y dejarla sobre la cama, besó a Evangeline una vez más y bajó a la cocina silbando.

Era la mujer más excitante que había conocido en su vida y, en circunstancias normales, estaba seguro de que el magnate Matthew Wheeler habría supuesto un auténtico aburrimiento para ella.

Pero estaban en Venecia y allí podía seguirle el ritmo a Evangeline. Ser Matt resultaba liberador.

Cuando Evangeline bajó vestida tan solo con la camiseta, las piernas desnudas y el pelo húmedo sobre los hombros, Matt sintió que se le secaba la boca.

–¿Cómo logras estar tan atractiva con una simple camiseta de algodón? –preguntó mientras le ofrecía un vaso con zumo de naranja.

–Es uno de mis talentos naturales –contestó Evangeline, que a continuación se puso de puntillas y lo besó como si fueran una pareja totalmente hecha a aquellas rutinas. Luego tomó un sorbo de zumo y se sentó en uno de los taburetes.

–Espero que te apetezca huevo con tostadas –dijo Matt mientras retomaba sus labores.

–Perfecto.

Tras sacar las tostadas del tostador y dejarlas en un plato en la mesa, se sentó

–¿Tienes planes para el fin de semana?

–Es miércoles. Aún falta bastante para el fin de semana.

–Me gustaría volver a verte.

Evangeline dejó el tenedor en la mesa y miró a Matt.

–No se me dan demasiado bien las citas.

–Oh –Matt supuso que estaba más oxidado de lo que imaginaba, porque habría jurado que allí había algo cociéndose–. ¿Y qué se te da bien?

Evangeline lo sorprendió dejando escapar una ronca risa.

–Tú –dijo Evangeline con una risita–. Eres lo mejor que me ha sucedido en mucho tiempo, pero…

–¿Por qué tiene que haber siempre un pero? Soy lo mejor que te ha pasado. Punto. Evangeline bajó la mirada hacia su plato antes de contestar.

–¿Y si te dijera que me gustaría volver a verte, pero aquí, en tu casa?

Su lenguaje corporal reveló a Matt cuánto le importaba su respuesta. Se encogió de hombros.

–La última vez que tuve una cita los dinosaurios aún poblaban la tierra, así que supongo que tampoco se me dan bien. Solo quiero volver a verte. Elige un día que te vaya bien en la vida.

Cuando Evangeline alzó la mirada del plato, una solitaria lágrima se deslizó por su mejilla.

–No tengo una vida –susurró Evangeline.

–Evangeline… –sin saber qué decir, Matt bajó de su taburete y fue a abrazarla. Ella lo aferró por los hombros y se arrimó a él como si no quisiera despegarse.

–Lo siento –susurró Evangeline finalmente–. Normalmente no me desmorono justo cuando me están pidiendo una cita –la llorosa risa que dejó escapar alentó las esperanzas de Matt.

–Pero yo no te estoy pidiendo una cita. No, señora. Te estoy pidiendo que vengas a mi casa a… ¿cenar? –sugirió–. Yo me ocupo de cocinar.

–Cenar estaría bien –dijo Evangeline contra su hombro–. Esta noche. Mañana por la noche. Cualquier noche.

–Esta noche. De hecho, quédate. A no ser que estés harta de mí o que tengas que pasar un rato con Vincenzo, dado que eres su invitada.

–Lo más probable es que Vincenzo esté durmiendo la mona y no se entere de si estoy o no.

–Yo sí me daré cuenta de si estás o no. Pasa otra noche aquí. O mejor aún, pasa todo el fin de semana –las palabras de Matthew surgieron espontáneamente, sin ninguna premeditación.

Evangeline dudó.

–¿Por qué no me has preguntado nada sobre mi voz?

Matthew parpadeó, desconcertado.

–¿Debería haberlo hecho?

–Está dañada. ¿No sientes curiosidad? No me digas que no te has fijado.

–Me encanta tu voz. Es realmente sexy.

–No es sexy. Es horrible. Como la que tendría alguien de sesenta años que fumara cuatro paquetes de cigarros al día.

–Eso es ridículo. Tu voz es especial. Cuando pronuncias mi nombre lo siento aquí –Matt tomó la mano de Evangeline y le hizo apoyarla en su estómago–. Me encanta. Me encanta que me afectes solo con hablar.

Evangeline retiró la mano y frunció el ceño. Matt se pasó una mano por el pelo, frustrado.

–De acuerdo. ¿Qué le ha pasado a tu voz?

–Cuando cantas mucho pueden formarse pólipos en las cuerdas vocales, pólipos que requieren de una cirugía muy delicada y especial. Adele tuvo un buen cirujano. Yo no.

–¿A qué te refieres con cantar mucho? ¿Cantabas profesionalmente? –dijo Matt desconcertado.

–Sí. Profesionalmente. Mucho –Evangeline miró a Matt a los ojos, indecisa, como evaluando su reacción–. Nada de simulaciones. Si me quedo, necesito que sepas la verdad. Cuando cantaba era conocida por otro nombre: Eva.

–Eva –repitió Matt. El nombre hizo destellar en su mente una imagen de la mujer que tenía ante sí, pero transformada en una sensual y maquillada cantante con un diminuto vestido dorado y un montón de bailarines contorsionándose tras ella–. ¿La Eva que inauguró la última Super Bowl?

Evangeline asintió con cautela.

–¿Y se supone que eso debe asustarme? –preguntó Matt.

–No sé lo que supone, pero no podía dejar que eso se interpusiera entre nosotros.

–¿Te ha decepcionado que no te reconociera?

–No. En realidad supuso un alivio –Evangeline tomó a Matt de la mano–. ¿No te molesta mi fama? Tengo mucho dinero. ¿Eso cambia algo?

–En lo más mínimo.

Estaba claro que Evangeline era una mujer inadecuada para Matthew Wheeler; llevaba una vida llena de limusinas, drogas de diseño y celebridades. Ella misma era una celebridad, y las celebridades y los oropeles no encajaban en el medio aristocrático en que él solía moverse. Aquello era una aventura pasajera, y le daba igual quién fuese Evangeline. Lo que sabía era que aquella mujer le había hecho sentir algo por primera vez en dieciocho meses, y eso la convertía en la compañía perfecta para aquellos momentos.

–Ya que nos estamos sincerando, creo que debo decirte que yo también tengo dinero. Compré este palacio como regalo de bodas para Amber, mi esposa. En Dallas era socio de una empresa inmobiliaria multimillonaria y conducía un Escalade. Pero tras la muerte de mi esposa dejé colgadas todas mis responsabilidades y salté a un avión. Tengo poco que ofrecer a nadie ahora mismo. ¿Debería haberte dicho eso antes de implicarnos en una relación? ¿Cambia esto las cosas para ti?

–¿Es eso lo que estamos? ¿Implicados en una relación? –preguntó Evangeline.

–Sí. Yo no lo estaba buscando. No lo tenía planeado. Me fui de Dallas para tratar de recuperar la cordura tras la muerte de mi esposa y, por fin, gracias a ti, siento que eso es posible –Matt deslizó con delicadeza un pulgar por la barbilla de Evangeline–. Quédate.

–Pero esto es una locura, Matt. Acabamos de conocernos.

–Dime que estás dispuesta a marcharte y te acompaño a la puerta.

Evangeline negó con firmeza.

–No creo que quieras ser visto en público conmigo. Siempre acaba reconociéndome alguien que se dedica a recordarme que mi carrera ha terminado –los ojos de Evangeline volvieron a llenarse de lágrimas–. No resulta muy divertido.

Aquel era el origen de la angustia que Matt había percibido. Aquella asombrosa y bella mariposa había sufrido un daño irreparable y el público se negaba a permitirle olvidar. Un fiero instinto de protección impulsó a Matt a rodearla con los brazos.

Ambos habían perdido algo y, probablemente, ella lo necesitaba tanto a él como él a ella, aunque Evangeline parecía mucho menos dispuesta a admitirlo.

–Bien –dijo–. No quiero salir y no quiero compartirte –señaló a su alrededor abriendo los brazos–. Dentro de estas paredes podemos olvidarnos del resto del mundo y estar juntos. Yo necesito eso. Si tú necesitas lo mismo, ve a casa de Vincenzo, recoge tus cosas y quédate aquí mientras quieras. Sin reglas. Sin expectativas.

Aquello era una locura nada propia de un hombre que echaba de menos a su esposa y valoraba el compromiso. Pero las cosas estaban funcionando entre Evangeline y él precisamente porque en aquellos momentos no era aquel tipo de hombre.

Era una locura… pero era una locura magnífica.

Capítulo Cuatro

Una vez en casa de Vincenzo, Evangeline avanzó con sigilo para no despertar a quienes se habían quedado dormidos en los sofás y los sillones. Ya en su habitación, recogió rápidamente sus cosas para trasladarse a casa de Matt, que iba a ser o una gran equivocación o una de las cosas más inteligentes que había hecho en su vida.

Anhelaba encontrar a alguien capaz de ver más allá de la superficie, alguien que la valorara. Si averiguaba que Matt no era ese alguien, se iría.

Una vez en el dormitorio de Matt, guardó su ropa en los numerosos huecos que encontró libres en el armario. Al parecer, Matt viajaba tan ligero de equipaje como ella.

Matt encargó la comida por teléfono, y después de cenar, sin soltarla de la mano, la condujo hasta el sofá, donde se sentaron cómodamente. El sol, ya bajo, iluminaba la blanca fachada del edificio que había frente al palacio. Mientras Matt le acariciaba el pelo, Evangeline experimentó una profunda y muy poco habitual sensación de armonía.

—¿De verdad conducías un Escalade? —preguntó. Matt rio.

—Sí, pero lo vendí junto con todo lo demás. Me

pareció lo más lógico, porque no sabía adónde iba a ir ni cuándo iba a volver.

–¿Y acabaste en Venecia porque el palacio te recuerda a tu esposa?

–Sí, lo compré para Amber, pero nunca tuvo oportunidad de venir a visitarlo. La falta de fantasmas es lo más atractivo del Palacio de Invierno –continuó Matt–. Me pareció adecuado venir aquí porque sentía el alma congelada. No habría venido a Venecia si ya hubiera estado aquí con Amber.

–Te resulta duro hablar de ella ¿verdad?

–Sí –Matt no añadió nada más, y la firme línea de su boca indicó que no iba a hacerlo.

Evangeline contempló distraídamente a través de la ventana un pájaro picoteando en el alféizar.

–Cuando tenía una entrevista y el periodista hacía alguna pregunta que no quería contestar, utilizaba un código, una palabra que hacía saber de inmediato a mi mánager que necesitaba que acudiera en mi rescate. Nosotros también vamos a tener una. Cuando alguno de los dos aborde un tema demasiado delicado, esa palabra será sagrada. Significará: sácame de esta. No más preguntas.

Aquello hizo que se ablandara la pétrea expresión que había adoptado el rostro de Matt.

–¿Qué palabra?

–Elígela tú.

–Armadillo –sugirió Matt de inmediato–. Tienen una forma graciosa de andar.

La seriedad con que dijo aquello hizo sonreír a Evangeline.

–Yo seré tu mánager en la entrevista.

Evangeline frunció el ceño.

–¿De qué estás hablando? No voy a conceder ninguna entrevista.

–De acuerdo, pero si quisieras darla yo estaría a tu lado. Solo tendrías que decir la palabra para que acudiera en tu rescate –la sonrisa que dedicó Matt a Evangeline fue tan tierna y cariñosa que le hizo sonreír–. No hay nada malo en que ambos progresemos.

–¿Harías eso por mí? –preguntó, interrumpiéndolo–. ¿Me rescatarías si dijera «armadillo»?

–Por supuesto. Ya te he dicho que lo haría. ¿Has decidido conceder una entrevista?

–No lo sé. Después del desastre de la operación decidí no conceder entrevistas. Pensaré en ello.

Matt no era el único que necesitaba sanar su alma. Eso lo sabía y, si podía, estaba dispuesta a ayudarlo en lo posible. Desafortunadamente, él no podía hacer nada para arreglarle las cuerdas vocales. Como mucho, aquel interludio veneciano podía servirle de distracción antes de plantearse qué iba a hacer con el resto de su vida. Estar sin rumbo, carecer de una meta, le producía casi tanta ansiedad como haber perdido la voz. Necesitaba encontrar algo para seguir adelante, pero ¿y si después de encontrarlo volvía a sucederle lo mismo que con la música?

Asistir al programa *Milano Sera*, que le había propuesto una entrevista, supondría un compromiso bastante benigno, y con la presencia y apoyo de Matt, lo sería aún más. Debía hacerlo, aunque solo fuera para ir practicando las respuestas. Si Franco, el presentador, la ponía entre la espada y la pared y le pedía una explicación sobre quién pensaba ser después de haberse quedado sin voz, lo único que tendría que hacer sería decir «armadillo».

El equipo de publicistas que solía colaborar con Eva aceptó trabajar con el de *Milano Sera* para organizar la entrevista, que tendría lugar en el palacio de Vincenzo. Dos días después de que Evangeline se hubiera trasladado a casa de Matt, todo estaba en marcha.

Evangeline contempló por última vez su maquillaje en el espejo y se dijo por enésima vez que, sucediera lo que sucediese con la entrevista, le sucedería a Eva, no a Evangeline.

Cuando entró con Matt en el palacio de Vincenzo, el bullicio reinante se interrumpió como si acabaran de desenchufarlo todo. Una autoritaria mujer de unos cuarenta años se acercó a ella y, tras presentarse como la productora del programa, la tomó de la mano y la llevó a la zona habilitada como improvisado plató.

Evangeline se sentó obedientemente mientras el equipo se afanaba con las luces y las cámaras, guiados por los gritos del director. Matt se dedicó a contemplar la frenética actividad. Su presencia suponía un auténtico ancla para ella.

Franco ocupó la silla que había frente a la de Evangeline y le dedicó una practicada sonrisa.

–Me alegra mucho que cambiaras de opinión –dijo mientras un asistente colocaba un discreto micrófono en el tirante del top que vestía Eva.

–Me gusta ver *Milano Sera*, así que yo también me alegro de estar aquí.

Franco asintió, aunque Evangeline estaba segura de que no se había creído una palabra. El asistente que le había colocado el micro regresó precipitadamente al plató mientras Franco hablaba con el director.

–Hay una pequeña dificultad, *signorina* –dijo el asistente mientras sustituía el micrófono de Evangeline por otro–. Hable ahora, por favor.

–Gracias por haberme traído al programa, señor Buonotti –dijo Evangeline obedientemente.

Franco negó con la cabeza a la vez que daba unos toques con un dedo a su auricular.

–No ha mejorado.

La productora y otro hombre murmuraron algo mientras los asistentes se afanaban a su alrededor.

–¿Qué sucede? –preguntó Evangeline.

–Es tu voz, querida. No funciona bien con el equipo inalámbrico –explicó Franco sin el más mínimo tono de disculpa, como si la culpa no fuese del equipo, sino de ella–. Suena demasiado débil y grave y el equipo no la capta adecuadamente.

Evangeline sintió cómo se sonrojaba.

–Inténtalo de nuevo. Habla directamente al mi-

crófono –Franco carraspeó antes de continuar–.
Dime, Eva, ¿cómo es tu vida ahora que tu voz se ha
visto tan trágicamente alterada?

Un frío sudor le cubrió la frente.

–Umm –murmuró mientras sentía que su cerebro se apagaba.

«Armadillo». Sentía la garganta tan atenazada
que no pudo pronunciar palabra.

Entonces apareció Matt, que la tomó de un
codo y se la llevó mientras comunicaba con firmeza a la productora que Eva no concedía entrevistas
en programas de segunda clase que carecían del
equipo adecuado.

–Gracias –dijo Eva cuando por fin pudo volver
a hablar, algo que no sucedió hasta que cruzó el
umbral de la casa de Matt–. Eres el mejor mánager
que he tenido nunca.

–Siento haber sugerido que aceptaras conceder
una entrevista –dijo Matt con dureza.

–No ha sido culpa tuya.

–Claro que sí. No tenía ni idea de que ese tipo
pudiera ser tan insensible –replicó Matt, y a continuación masculló una expresiva maldición.

Evangeline sonrió a pesar de sus tumultuosas
emociones.

–Si te hace sentir mejor, lo que has hecho me
ha compensado con creces.

No había sido un mero rescate, sino una exper-
ta extracción que había dejado al equipo de *Milano Sera* con la impresión de haber ofendido a su
personalidad de diva.

Evangeline lo rodeó con un brazo por la cintura y apoyó la cabeza en su hombro.

–Me has dado exactamente lo que necesitaba. Un lugar en el que poder ocultarme del mundo.

–Me alegra saberlo. Puedes disponer del Palacio de Invierno mientras lo necesites.

Evangeline sintió que estando en brazos de Matt nada podía ir mal pero, por mucho que deseara que Matt tuviera una especie de llave mágica para resolver su futuro, también era consciente de que aquello no podía llegar a ser más que una breve distracción. No había duda de que, por intensa, ardiente y fantástica que estuviera siendo aquella aventura, tampoco podía durar.

Se negaba a depender de un hombre para llenar el vacío que había dejado la música en su vida, y temía que esa era la senda por la que se estaba encaminando.

¿Cuánto tiempo más tendría sentido que siguiera allí?

Matthew parpadeó, ya era sábado.

Contempló a Evangeline mientras fregaba. La vista era deliciosa desde el taburete en que estaba sentado.

–¿Qué te apetece hacer ahora? –preguntó.

Evangeline le dedicó una traviesa mirada por encima del hombro.

–¿No te ha bastado con las dos veces de esta mañana?

–Nunca tengo bastante. Me gustas demasiado. Pero, ya que se supone que va a hacer buen tiempo, lo que iba a sugerirte era comer en la azotea.

–¿Hay una azotea? –la bronca voz de Evangeline sonó esperanzada.

Aquella voz seguía afectando a Matt tanto como el primer día. Era lo primero que quería escuchar al despertar y lo último que quería escuchar antes de dormirse.

–¿Había olvidado mencionarlo?

–Enséñamela ahora mismo.

–Por supuesto –Matt se levantó del taburete y fue a tomarla de la mano–. Vamos.

Venecia apareció en todo su esplendor ante su vista cuando llegaron arriba. Evangeline se quedó boquiabierta.

–Oh, Matt. ¡Es maravilloso! Podría quedarme a vivir aquí para siempre. Las vistas son increíbles.

–Lo sé. Es uno de los motivos por los que compré este palacio.

–Se pueden ver las cúpulas de San Marcos… ¡y Santa María de la Salud! ¿No te parece una maravilla? –dijo Evangeline mientras señalaba.

Pero Matt estaba ocupado mirándola a ella. Sus rizos sueltos le acariciaban las mejillas y sus preciosos ojos parecían iluminados por dentro. Todo el cuerpo se le contrajo. Su reacción ante Evangeline era tan física, tan elemental. ¿Llegaría a cansarse alguna vez de mirarla?

–Sí, es una vista maravillosa –murmuró–. Pero vamos dentro.

Evangeline se volvió a mirarlo, desconcertada.

–¿Por qué?

–Porque... –empezó Matt roncamente, pero un inesperado temblor en la garganta le impidió seguir hablando.

Evangeline lo miró con evidente preocupación.

–¿Estás bien?

Matt tiró de su mano con urgencia.

–Volvamos abajo, por favor. Quiero estar contigo.

–Estás conmigo –Evangeline lo miró con atención y, finalmente, entendió a qué se debían las prisas de Matt. Sonrió pícaramente–. Oh, bien. Pero mis partes más femeninas funcionan exactamente igual dentro que fuera.

Sin apartar la mirada de Matt, se inclinó y lo torturó con un beso mientras introducía una mano bajo su camisa.

–Evangeline... –murmuró Matt al sentir que metía la mano por la cintura de sus vaqueros.

–Oh, oh –dijo ella contra sus labios–. Si me quieres, tómame, vaquero.

El beso se volvió intensamente carnal cuando sus lenguas se encontraron. Alinearon instintivamente sus caderas, buscando su mutuo calor, la promesa que aguardaba bajo sus ropas.

Antes de que Matt pudiera decir nada, Evangeline le bajó la cremallera del pantalón y sacó con una cálida y excitante mano su miembro de dentro de los calzoncillos. A continuación se arrodilló ante él y, sin soltarlo, tras empujar con firme delicadeza su piel hacia atrás, se lo introdujo en la boca. Matt sintió que por las venas le corría lava. Un movimiento más y se acabaría.

–Espera, corazón…

Salió de la boca de Evangeline y, en un instante, se tumbó en el suelo y la sentó sobre su regazo con las piernas abiertas. Cuando la penetró, permaneció unos instantes paralizado, disfrutando del maravilloso placer de estar dentro de su dulce cuerpo, deleitándose con el hambre física y carnal que lo impulsaba a unirse a ella. Había huido de Dallas desesperado por volver a sentir algo, y Evangeline había logrado penetrar su coraza de insensibilidad.

Evangeline murmuró su nombre a la vez que balanceaba las caderas, buscando la penetración más profunda posible.

El cielo, el aire, Evangeline y su maravilloso cuerpo… todo contribuyó a acrecentar las sensaciones que se adueñaban del Matt. Agitando las pestañas como una mariposa, Evangeline se rindió finalmente a un orgasmo excepcionalmente intenso que empujó al instante a Matt a alcanzar el suyo. La explosión de placer que experimentó le oscureció por completo la visión.

Finalmente cayeron uno en brazos del otro, jadeantes. Matt retuvo a Evangeline contra su cuerpo, sintiendo que en aquella ocasión había habido algo más, algo diferente…

Cuando Evangeline se irguió y se acomodó de nuevo, volvió de pronto a la realidad.

–Hemos olvidado utilizar protección –murmuró con la respiración aún agitada.

–No pasa nada… No es el momento adecuado del mes.

–¿Estás segura?

–O eso, o ya es demasiado tarde –dijo Evangeline con una leve y sensual sonrisa–. Y ha merecido la pena. No sé cómo logras hacerme eso. Ha sido increíble. Incluso para nosotros.

–Sí que lo ha sido…

–La próxima vez tendremos más cuidado –dijo Evangeline–. Tienes que dejar de ser tan adorable y sexy.

–Eres tú la que estaba increíblemente sexy con el pelo suelto…

–Reconoce que te ha dado fuerte.

Matt contuvo un instante el aliento y la miró sin ocultar su sorpresa. ¿A qué se refería Evangeline? ¿Estaba hablando de sentimientos? ¿De enamoramiento? ¿Estaría viendo cosas que no existían en su relación? ¿O era él quien estaba buscando excusas para no examinar lo que estaba sucediendo?

–Sí, creo que estás desarrollando una saludable adicción por los cambios de postura. Y de lugares… –añadió Evangeline con una pícara risa.

–Es todo por tu culpa, cariño –dijo Matt mientras se levantaban y se vestían–. Yo solo estoy aquí por la comida.

La risa de Evangeline recorrió el cuerpo de Matt y se quedó en él. Aquella mujer lo afectaba tanto, y de tantas maneras… De pronto experimentó una punzada de culpabilidad. Al parecer él había encontrado una cura momentánea para sus males, pero ¿hasta qué punto era justo que siguiera utilizando a Evangeline?

Bajaron de nuevo al palacio para no hacer nada excepto estar juntos. Cuanto más tiempo pasaba Matt junto a Evangeline, menos se reconocía a sí mismo. Aquellos días, cuando pensaba en alguna ocasión en Amber, no había sentido la misma angustia, el mismo vacío de siempre. ¿Acaso no era aquello lo que buscaba? ¿Por qué le resultaba extraño estar lográndolo?

Una tarde, a última hora, sonó el teléfono de Evangeline anunciando que tenía un mensaje.

–Nicola, la prima de Vincenzo, va a celebrar esta noche una pequeña fiesta –le explicó a Matt tras leer el mensaje–. ¿Te apetece ir? Se trata de algo informal.

Llevaban una semana sin salir de casa. El instinto de supervivencia entraba en contradicción con la parte de Evangeline a la que le gustaba deambular, asistir a fiestas, relacionarse con la gente y tener nuevas experiencias.

–Podría ser divertido.

–Hecho –Evangeline aceptó la invitación y borró los demás mensajes que había recibido de su medio hermana sin leerlos. Pero luego pasó una hora preparándose, lo que le dio tiempo de sobra para pensar y preocuparse por su hermana.

Lisa tenía diecisiete años. Y sus padres se habían casado. La rabia y el resentimiento estaban profundamente grabados en el alma de Evangeline. Su padre había elegido a una hija por encima de la otra, y eso nunca se lo perdonaría. Solía enviar a su hermana extravagantes regalos de Navidad en un absurdo esfuerzo de demostrar a su padre que no le guardaba rencor... y tal vez también para dejarle claro que no lo había necesitado para triunfar.

No había hablado con su hermana desde la fallida operación de garganta. ¿Cuántos mensajes de texto tenía que ignorar para que Lisa se cansara? A fin de cuentas, no eran una familia real.

Tras apartar de su mente aquellos pensamientos para no amargarse la tarde.

El taxi los recogió en la entrada del Palacio de Invierno y unos minutos después llegaban a su destino. Una vez dentro, cuando iba a presentar a Matt a sus amigos, Evangeline se dio cuenta de pronto de que no conocía su apellido.

Matt ofreció la mano a su anfitriona, Nicola Mantovani.

–Matt Wheeler –dijo, y se lo repitió al novio de Nicola, Angelo. Vincenzo también estrechó su mano y les presentó a la joven que lo acompañaba.

Mientras charlaban en los cómodos sofás de uno de los salones de la casa y Vincenzo criticaba la última actuación a la que había asistido al Teatro de la Scala, Evangeline se inclinó hacia Matt.

–Wheeler. Es un bonito apellido.

–No nos habíamos presentado formalmente, ¿verdad? –dijo él con una sonrisa

–Evangeline La Fleur –Evangeline le ofreció la mano con jocosa solemnidad–. Es un placer conocerte, Matt Wheeler.

–¿A qué te dedicas, Matt? –preguntó Angelo cuando se produjo un silencio en la conversación.

–Soy socio de una empresa inmobiliaria en Dallas, Texas.

–¿Una empresa inmobiliaria? ¿Vendes casas?

–No. Estamos más centrados en la venta de rascacielos para oficinas.

Evangeline sintió que se le encogía el estómago al notar por el tono de voz de Matt que le encantaba su trabajo. También notó que había dicho «estamos», en lugar de «estoy». ¿A quiénes se refería con el plural?

–Matt tiene mucho éxito –dijo, a pesar de que apenas sabía nada sobre su trabajo.

Matt le dedicó una cálida sonrisa.

–Evangeline es muy amable, pero ahora estoy pasando un periodo de vacaciones. El año pasado la empresa Wheeler Family Partners llegó a lo más alto en el ranking de ventas de Texas, pero ese éxito se ha debido a mi hermano, no a mí.

–¿Trabajas para un negocio familiar? –preguntó Nicola.

Matt asintió y explicó que sus socios eran su padre y su hermano, y que la empresa pertenecía a la familia desde hacía más de un siglo.

Menos Evangeline, nadie pareció captar un ligero temblor en su voz. La familia no significaba nada para ella, era una palabra casi desconocida.

Pero, al parecer, para Matt había sido el centro de su vida. En aquellos momentos vagaba por el mundo en busca de respuestas, pero ¿querría en algún momento regresar a sus raíces? No quería preguntarlo. No quería que le importara. Pero empezaba a comprender que eran menos parecidos de lo que pensaba.

Esperó a después de la cena, cuando regresaban en otro taxi a casa de Matt, para volver a sacar el tema.

—Cuéntame más de tu vida en Dallas.

—¿Por qué? —preguntó Matt sonriente—. Sería tan aburrido que te quedarías dormida.

—¿Aburrido? ¿Tú? ¿Cómo va a ser aburrido el tipo que metió la mano bajo mi vestido en un balcón a los pocos minutos de conocernos?

—Recuerda que conducía un Escalade, Evangeline.

—Pero dejaste todo eso atrás, así que supongo que ya no importa ¿no? —la muerte de su esposa había convertido a Matt en alguien que iba dando tumbos por la vida, como ella. Ambos habían sido alcanzados por la tragedia y aún se estaban reponiendo. Evangeline necesitaba desesperadamente reafirmar sus semejanzas con él después de haber averiguado que procedían de mundos totalmente distintos.

—Importa —dijo Matt—. Dejé atrás un legado. El nombre de la empresa es Wheeler Family Partners, lo cual resume bastante bien el asunto. La familia lo es todo. Y yo los abandoné.

–No pretendía entrometerme en temas sensibles para ti.

–¿Cómo era tu vida cuando cantabas?

–Muy ajetreada. Y solitaria. Se suponía que Rory, el tipo de la fiesta de Vincenzo, iba a ser la cura para eso. Era demasiado aficionado al Jack Daniel´s, pero supongo que lo pasé por alto porque estaba enamorada. Pero resultó que no le interesaba estar con una exestrella.

–Lo siento –dijo Matt a la vez que le estrechaba cálidamente la mano.

–Yo no. La longevidad no es una de mis virtudes. Por eso es tan genial ser una cantante en demanda. No paraba de viajar cantando por todo el mundo.

Y aquello era lo esencial del asunto, se dijo Evangeline. Matt y ella habían encontrado un punto de unión en su mutuo dolor, pero eso era todo. Un hombre de negocios de éxito que valoraba por encima de todo la familia no tenía nada en común con una excantante sin futuro.

Además, el corazón de Matt pertenecía aún a su esposa, y siempre estaría con su familia. El de ella se lo habían arrancado del pecho con el mismo cuchillo que había destrozado su carrera. Solo estaba compartiendo aquel tiempo con Matt porque ambos estaban luchando contra sus demonios.

Pero ¿cuánto tardaría en desmoronarse a su alrededor aquel refugio temporal?

Capítulo Cinco

Evangeline giró en la cama y tiró de las sábanas para cubrirse el cuello. Hacía un poco de frío y aún era de noche. Aunque estaba medio dormida, notó que Matt no dormía.

Solo llevaban dos semanas y cuatro días juntos y ya era capaz de saber algo así. También sabía cuáles eran sus comidas favoritas y el modo exacto de mover las caderas para hacerle estallar. Su relación se estaba enredando peligrosamente para ser dos barcos solitarios que se habían cruzado una noche.

No dejaba de buscar motivos para dejarlo, de esperar que la claustrofobia acabara agobiándola o que surgieran los verdaderos colores de Matt. Pero lo cierto era que no dejaba de tratarla como si se hubiera topado con un auténtico tesoro.

Se acurrucó entre sus brazos.

—¿Quieres que te traiga un vaso de leche caliente?

Matt la besó en la frente.

—¿Te he despertado? Disculpa. Si quieres bajo al cuarto de estar para que puedas dormir.

Algo le preocupaba. Los fantasmas de Matt no dejaban de perseguirlo, y grandes cantidades de sexo genial no habían logrado producir el exorcismo que Evangeline había esperado.

Pasó un brazo por su pecho para retenerlo donde estaba.

–Ni se te ocurra moverte. Háblame.

–No es un tema para hablarlo en plena madrugada, pero gracias de todos modos –Matt deslizó una mano para acariciarle uno de los pechos, a pesar de lo encantador del gesto, ella captó cierta preocupación en su caricia.

–Se puede hablar de cualquier cosa en plena madrugada. ¿Qué mejor entorno que este para explayarse? –a menos que Matt estuviera a punto de dar por zanjada su relación. Aquella posibilidad hizo que se le paralizara el pulso a Evangeline. Aún no quería que aquello acabara.

–¿No prefieres volver a dormir?

–Lo que preferiría sería que no estuvieses preocupado. Alíviate contándomelo. A fin de cuentas, para eso estamos aquí, ¿no? Yo espanto tus demonios y tú espantas los míos.

Matt suspiró.

–Estaba pensando que a estas alturas ya debería haber superado la muerte de Amber.

–¿Qué? ¿Por qué piensas eso?

Matt casi nunca mencionaba a su mujer y Evangeline respetaba su intimidad.

–Ya ha pasado un año y medio. ¿Cómo puedo seguir tan afectado?

–No se puede poner un límite de tiempo a la pena y al sufrimiento. La vida no funciona así.

–No llegamos a estar casados ni un año. Amber lleva más tiempo muerta de lo que duró nuestro matrimonio.

Evangeline sintió que el corazón se le encogía. Era obvio que Matt había amado mucho a Amber. Más de lo que ella había amado nunca a nadie.

Matt seguía totalmente colgado de su mujer, y ocupar aquel sitio en su corazón podía resultar una tarea imposible.

Matt se movió inquieto en la cama.

–¿Estoy condenado a sufrir durante el resto de mi vida porque me enamoré de alguien? No es justo.

Tras un largo momento de silencio, Matt preguntó, casi con cautela:

–¿No te importa verme en este estado por otra mujer?

–Yo no he dicho eso, pero lo cierto es que te comprendo. Te lo aseguro.

Matt asintió lentamente, pensativo.

Matt la estrechó contra su costado y enterró los labios en su pelo

–Cuando bailamos el primer día me dijiste que tenías familia en Detroit.

–Mi padre no es mi familia. Hace tiempo que perdió esa oportunidad. Pero… tengo una hermana.

–¿Mantenéis una relación cercana?

–Ella me adora. También quiere cantar –Lisa le enviaba constantemente mensajes de texto pidiéndole consejo para su carrera. Antes de operarse, siempre le había respondido. Cuando Lisa cumplió los quince años la invitó a volar a Londres para asistir a uno de sus conciertos. Aquella fue la última vez que vio a su hermana. Tras la operación dejó de contestar a sus correos. Esperaba que, uno de aquellos días, ver el nombre de su hermana en la pantalla del móvil dejara de producirle tanta angustia. No era culpa de Lisa que su padre fuera un bastardo.

–¿Se le da bien cantar? –preguntó Matt.

–Nunca la he escuchado. Supongo que estaba demasiado ocupada.

–Ahora tienes tiempo –comentó Matt con suavidad.

–Sí. Debería llamarla –contestó Evangeline, aun sabiendo que no lo haría–. Armadillo.

Se habían acabado las confesiones de media noche. Lisa era un tema con el que no soportaba verse arrinconada.

–Debería llamar a mi hermano. No he hablado con él en un mes –dijo Matt a la vez que se apartaba de ella.

Evangeline se preguntó si habría herido sus sentimientos. Habían establecido aquella palabra código como un medio para que Matt la sacara de temas difíciles, pero ella era la única que la utilizaba.

–Desde que recuerdo siempre he hecho lo que se suponía que debía hacer –dijo Matt con un suspiro–. Dirigí la empresa familiar y se me daba bien el negocio inmobiliario. Tenía éxito y Amber formaba parte de todo aquello. Procedía de una familia distinguida y tenía contactos. En nuestra boda hubo quinientos invitados, entre ellos el gobernador y un expresidente de los Estados Unidos. Éramos felices perteneciendo al círculo de poder. La gente podía contar conmigo. Quiero recuperar eso.

Evangeline sintió que el corazón se le encogía. El mundo que estaba describiendo Matt, la vida que quería recuperar, era totalmente ajena a la suya. Sintió que aquello los distanciaba irremisiblemente porque, a diferencia de ella, Matt sí podía recuperar su mundo, su vida. Se inclinó hacia él para besarlo en la mejilla.

–Yo cuento contigo. Ahora mismo eres todo mi mundo –Evangeline pensó de inmediato que sus palabras debían haber resultado realmente patéticas. Matt tenía una profesión, una familia que sin duda lo aguardaba con los brazos abiertos.

–Ahora mismo me siento muy feliz siendo todo tu mundo. Eres lo mejor que me ha sucedido en mucho, mucho tiempo.

–Tú quieres volver a tu hogar. Esta es… nuestra burbuja veneciana. No va a durar.

El silencio se prolongó mientras Evangeline esperaba a que Matt le diera la razón.

–No sé si puedo volver. Mi familia, las obligaciones… resulta tan opresivo. Quiero volver a ser yo mismo, pero al mismo tiempo quiero seguir ocultándome –Matt rio oscuramente–. Cielo santo, debo parecer un tipo realmente pusilánime.

–Yo quiero cantar y no puedo –dijo con un suspiro–. Ambos estamos atascados en un laberinto del que no podemos salir.

–¿Tomaste alguna decisión cuando te viste obligada a dejar de cantar? ¿Qué te planteaste hacer?

Evangeline rio sin humor.

–No tengo ni idea de qué hacer ahora. Ese es mi demonio.

Obviamente, las sombras que había en la mirada de Evangeline no tenían que ver solo con su pérdida de voz. Matt se preguntó cómo podía haber pasado por alto algo así. Obviamente se había estado regodeando en sus propios problemas sin atender los de ella.

–Lo único que sé hacer es cantar. Es mi único talento.

–No estoy de acuerdo en absoluto. No es tu único talento.

–Ser buena en la cama no es un talento.

–No me refería solo a eso. Se te da bien animarme. Eso es algo que nadie había logrado conmigo en mucho tiempo. Pero a lo que me refería era a que no debe ser fácil triunfar en el mundo de la música. Seguro que exige constancia y talento. Tuviste que trabajar duro para triunfar.

–Sí. Muy duro –la voz de Evangeline se quebró al añadir–: Hubo mucho de eso.

Había algo más, algo que no estaba diciendo, algo que le hacía sufrir. La incapacidad para captarlo con claridad hizo que Matt se impacientara consigo mismo. No quería fracasar en su intento de ser lo que Evangeline necesitaba en aquellos momentos.

Apoyó una mano en su mejilla y la dejó allí como si quisiera recordarle que no pensaba irse a ningún sitio.

Una solitaria lágrima se deslizó por la mejilla de Evangeline.

–¿Por qué no sé qué hacer después de lo que me sucedió? Las cosas pasan. A fin de cuentas solo eran unas cuerdas vocales…

–Porque aún no has salido de tu valle de dolor –replicó Matt con firmeza–. En cuanto lo logres sabrás qué hacer –tenía que creer que eso era cierto, que era posible. Él también quería salir de aquel valle, por su propio bien, pero también para mostrarle a ella el camino.

–La música formaba parte de mi alma –las lágrimas siguieron rodándole por las mejillas a Evangeline, pero Matt no trató de secárselas. Ni siquiera se movió por temor a interrumpir la oleada de su dolor–. Y creía que siempre sería así, o de lo contrario no me habría tatuado ocho notas permanentes en mi cuerpo. ¿Cómo orientarme tras la desaparición de algo tan arraigado en mí?

Matt la abrazó en silencio, repentinamente furioso por no tener las respuestas para ella, por no poder aliviar su angustia.

–¿Quién voy a ser durante el resto de mi vida?

–¿No tienes otra forma de seguir en la música? ¿Tocas algún instrumento?

–El piano. Yo escribía todas mis canciones.

–Eso es genial –dijo Matt, genuinamente orgulloso por ella–. Creía que eran otros los que componían las canciones de los cantantes famosos.

–Eso sucede cuando el cantante es solo una voz. Como Sara Lear –Evangeline acompañó su comentario con un gruñido–. Sé que parece un comentario malicioso, pero lo cierto es que podría escribir una canción mejor que las suyas si tropezara y cayera accidentalmente sobre el piano.

–En ese caso, hazlo. Escribe una canción para ella.

–No puedo –Evangeline negó con la cabeza contra el hombro de Matt–. He perdido por completo la inspiración para las letras.

–Ya la recuperarás –Matt le acarició cariñosamente el pelo–. Seguro. Y, entretanto, podemos abrazarnos en la oscuridad y dejar el resto del mundo fuera.

–¿Matt? Me alegra haberme quedado. Por norma no suelo hacerlo, pero es agradable no tener normas por una vez.

Matt respiró aliviado. Aquella conversación podía haberse transformado en algo bastante más complicado y feo, pero habían conseguido salir adelante.

–Sé que lo nuestro no puede durar, pero no soportaría estar solo en mi valle de dolor. Contigo me resulta mucho más llevadero. Espero que no te decepcione que sea tan egoísta.

–No creo que seas egoísta.

Matt sonrió. Evangeline era la persona menos

crítica con los demás que había conocido. Podía contarle cualquier cosa. De hecho, le había contado algunas que nunca había expresado en alto. No le preocupaba decepcionarla con sus defectos, y se sentía libre para manifestar las angustias y miedos que llevaban meses asediándolo.

Le habría gustado poder estar ofreciéndole algo más a cambio, y de pronto lamentó haberla conocido mientras ambos seguían atascados en sus personales valles de dolor.

–¿Qué te parece si salimos? –sugirió Evangeline una tarde a última hora mientras veían una película abrazados en el sofá.

Sorprendido, Matt bajó el volumen de la televisión.

–¿Salir? ¿En público?

–Sí –Evangeline se encogió de hombros–. Podíamos tener una cita esta noche.

–Tú odias las citas.

–Pero tú me gustas –Evangeline agitó coquetamente las pestañas–, así que estoy dispuesta a sacrificarme. Puede que incluso te deje quitarme la ropa luego.

–Esa oferta es realmente tentadora. Pero ¿qué te sucede? ¿

–No sé. Hace un siglo que no me maquillo. Me gustaría que me vieras con algo más que una de tus camisetas.

–Me encantas con mis camisetas, y más aún sin

ellas, pero creo que también me gustaría salir a cenar con una mujer tan preciosa como tú.

–A cenar y tal vez a algún espectáculo luego –Evangeline saltó del sofá, repentinamente animada–. Oh, tengo el vestido perfecto. Aún no me lo he puesto. Voy a encerrarme en el baño. ¿Necesitas que te saque algo?

–No –Matt rio al ver su entusiasmo y apagó la televisión–. Estaré aquí esperándote.

Una hora después Evangeline aún no había salido del baño. Matt había tardado cinco minutos en ponerse unos pantalones y una camisa y estaba zapeando en el sofá cuando oyó que lo llamaba desde las escaleras.

Cuando alzó la mirada, sintió que se le detenía el corazón.

Evangeline La Fleur se había transformado en una deslumbrante visión con un ceñido vestido azul, los rizos de su pelo castaño cayéndole en cascada por los hombros, sus sensuales ojos cargados de promesas y misterio. Matt sintió que se le hacía la boca agua al pensar que había besado cada centímetro de la piel de la belleza que tenía ante sí.

¿Cómo podía excitarlo aún con tal intensidad?

–¿Estás listo? –preguntó Evangeline con su ronca y sensual voz.

–No lo sé –dijo Matt mientras se levantaba–. Creo que he perdido mi habilidad para caminar. Estás… no sé cómo decirlo. Exquisita. ¿Seguro que quieres que te vean conmigo?

Evangeline rio con la cabeza echada hacia

atrás. Fue un gesto genuino, elemental, que excitó a Matt al instante.

–Yo te haré la misma pregunta dentro de un rato, cuando hayamos atraído un montón de atención. Me he planteado vestirme de una forma mucho más recatada, pero quiero estar guapa. Para ti.

–¿Para mí? –aquello agradó a Matt enormemente y la tomó entre sus brazos cuidadosamente–. Gracias. Eso supone un auténtico estímulo para mi ego. Pienso disfrutar toda la velada pensando cómo convencerte de que te desnudes.

Evangeline le deslizó una mano por el pecho, la introdujo dentro de sus pantalones y acarició su excitado miembro.

–Puede que lo logres con los ruegos adecuados.

–Me temo que no vamos a llegar a cruzar la puerta si sigues así.

Evangeline retiró la mano y le dedicó una pícara sonrisa.

–En ese caso, me reservaré para luego.

Una vez en la calle, se tomaron de la mano.

–He pensado que podíamos ir a un discreto restaurante en el que he comido alguna vez en lugar de acudir a algún lugar de moda. Espero que te parezca bien. No está lejos.

–Caminemos –dijo Evangeline–. Nos hemos pasado tanto tiempo encerrados que apenas hemos visto Venecia.

No tardaron en llegar al restaurante. El *maître* los condujo a una mesa y Matthew pidió una botella de chianti que apenas tardaron en servirles.

–Aquí estamos –dijo Evangeline a la vez que alzaba su copa para brindar–. Esta es nuestra primera cita.

Matt pensó que era extraño estar en la primera cita con una mujer a la que había hecho retorcerse de placer aquella mañana con su lengua, arrodillado ante ella mientras se duchaban.

–Supongo que no hemos hecho las cosas en orden.

–A mí no me importa. No se me dan especialmente bien las tradiciones.

–¿Como el matrimonio?

Evangeline arrugó la nariz.

–No parece que el matrimonio le funcione a demasiada gente, ¿no?

Sí les había funcionado a los abuelos y a los padres de Matt, y también a su hermano Lucas con Cia. Su propio matrimonio había sido perfecto. Con Amber había hecho las cosas en el orden correcto. Todo funcionó según lo planeado…

Unas voces interrumpieron los pensamientos de Matt. Un par de adolescentes discutían con un camarero a la vez que señalaban a Evangeline.

–Nos han seguido –murmuró ella en voz baja–. Me han visto por la calle, pero no esperaba que vinieran hasta aquí.

El camarero se acercó a ellos y susurró algo junto al oído de Evangeline. Ella asintió y los adolescentes se acercaron de inmediato a la mesa balbuceando una incoherente mezcla de inglés e italiano a la vez que le alcanzaban un papel para que lo firmara. Uno de los chicos le dio un rotulador y alzó descaradamente su camiseta. Evangeline le estampó una florida firma en el pecho.

Matthew apartó la mirada al sentir una oscura y penetrante punzada en su interior, pero se negó a reconocer que su reacción se hubiera debido a los celos que le había provocado que Evangeline hubiera apoyado una mano en el pecho del joven.

Evangeline llevó el asunto con gran profesionalidad y posó con los chicos mientras el atribulado camarero les hacía unas fotos con sus móviles. Finalmente los adolescentes se fueron del restaurante, encantados con su logro.

–Mis fans significan mucho para mí –dijo Evangeline sin mirar a Matt–. Al menos los que me quedan. Pero supongo que algo como lo que acaba de suceder puede ser demasiado para alguien que no está acostumbrado a ello. No debería haberte pedido que me sacaras –añadió con un suspiro.

–No te preocupes por eso –dijo Matt a la vez que cubría con su mano la de ella–. Merece la pena pagar ese pequeño precio por estar contigo.

–Gracias –dijo Evangeline con la mirada repentinamente brillante–. Es una suerte que no fueran periodistas.

Cenaron sin más interrupciones, pero, cuando salieron del restaurante, el destello de unos flashes les hizo detenerse.

Dos reporteros estaban aguardándolos a escasos metros de distancia. Les bloqueaban el paso y no parecían precisamente dispuestos a apartarse.

–¿Te importa si te hacemos unas preguntas, Eva? –preguntó el más pequeño y robusto de los dos, que tenía acento norteamericano.

–A mí sí me importa –dijo Matt de inmediato al notar cómo se encogía Evangeline a su lado.

–¿Y quién eres tú? –preguntó el otro periodista–. ¿Tienes tiempo para algunas preguntas? Me aseguraré de deletrear bien tu nombre.

–Sin comentarios –dijo Evangeline, lo que atrajo de inmediato la atención de los periodistas.

–¿Así es como suena tu voz ahora? –el periodista pequeño soltó un desagradable silbido–. Parece una hormigonera con piedras dentro. ¿Puedo grabarla?

Evangeline estaba temblando cuando tiró de la manga de Matthew.

–Será mejor que volvamos a casa por el camino largo.

Pero Matt no estaba dispuesto a permitir que aquellos dos idiotas les fastidiaran la noche.

–Apartaos, por favor. No somos de ningún interés para vosotros.

–Estás con Eva, así que eres noticia, amigo –dijo el periodista más alto a la vez que disparaba algunas fotos, cegando momentáneamente a Matt con el destello del flash.

–¿Te importa apartar esa cámara de tu cara antes de que lo haga yo?

–¿Me estás amenazando, chico guapo?

–Al parecer voy a tener que explicarme con más claridad –dijo Matt secamente–. Dejad de asediarnos o acabaréis contemplando el techo de una cárcel italiana. O el de un hospital. Vosotros elegís.

Los reporteros se miraron y sonrieron cruelmente.

–¿Te vas a pelear con nosotros por ella?

Ella. Como si no valiera nada por haber perdido la voz. Matt sintió cómo crecía la furia en su interior y apretó los puños. A pesar de todo, logró girar sobre sus talones, tomó a Evangeline de la mano y se pusieron a caminar en dirección contraria. Apenas habían dado unos pasos cuando los reporteros los alcanzaron y volvieron a bloquearles el paso.

–¿Qué prisa tenéis? Solo estamos haciendo nuestro trabajo.

–No creo que vuestro trabajo consista en insultar a la gente que pasea tranquilamente por la calle.

–No. Consiste en satisfacer la curiosidad del público. ¿Qué se trae Eva entre manos ahora? ¿Quién es el misterioso hombre que la acompaña? Contesta y nos iremos. Es fácil.

–Ya hemos dicho que no queremos hacer comentarios –murmuró Matt.

–En ese caso, escribiré lo que quiera –dijo el periodista más alto–. Eva disfruta de Venecia junto a un profesor de escuela norteamericano que está de vacaciones. ¿Será el nuevo galán de Eva algún playboy desheredado que va tras su dinero?

El puño de Matt conectó una fracción de segundo después con la mandíbula del periodista, que cayó hacia atrás y tropezó con su compañero. Cuando recuperó el equilibrio se llevó la mano a los labios y luego miró sus dedos, manchados de sangre.

–Pienso denunciar tu agresión.

–Nos veremos en el juzgado. Hasta entonces, manteneos alejados de nosotros.

Matt giró de nuevo y condujo a Evangeline entre el grupo de curiosos que se habían detenido a contemplar la escena. No hablaron mientras se alejaban por un solitario pasadizo, pero Matt sostuvo todo el rato la mano de Evangeline con fuerza. Finalmente se detuvo.

–¿Estás bien? –preguntó, solícito.

–¿Y tú? –replicó ella a la vez que alzaba una mano para acariciarle el rostro–. Nunca te había visto así.

–Nunca me había puesto así –dijo Matt, que no había pegado a nadie en su vida, ni siquiera a su hermano pequeño–. Lo que estaban diciendo esos periodistas de pacotilla era muy hiriente. Nadie tiene derecho a tratarte así.

–Gracias –murmuró Evangeline contra su hombro–. No sabes lo que ha significado esto para mí.

Había sido pura reacción, un afán casi feroz de protegerla. Matt la estrechó contra su costado mientras seguían caminando.

–¿Sabes si Vincenzo está en casa hoy? –preguntó Matt al día siguiente por la tarde.

Evangeline cerró el libro que había estado hojeando. Matt tenía un aspecto delicioso con el pelo húmedo y sin peinar, y aún le hacía temblar por dentro a pesar de conocer ya muy bien todo lo que había bajo su camiseta y sus vaqueros.

–Creo que sí. Le he visto llegar a su casa esta mañana. Seguro que aún está durmiendo. ¿Por qué lo preguntas?

–Van a traer algo. Una sorpresa. Llámale y pregúntale si puedes pasar un rato en su casa. Y está prohibido espiar –añadió Matt.

–¿Una sorpresa? ¿Para mí? ¿Qué es?

–No tardarás en verla. Llama.

Intrigada, Evangeline llamó a Vincenzo y le anunció que iba a pasar por su casa.

Vincenzo le abrió la puerta aún adormilado, y no parecía precisamente de buen humor. Evangeline pasó junto a él y fue directamente a sentarse en uno de los sofás del cuarto de estar.

–No hace falta que te dediques a entretenerme. Vuelve a la cama.

Hacía un par de años que se conocían y habían acudido juntos a muchas fiestas y conciertos, pero su relación nunca había llegado a ser profunda y significativa.

Vincenzo alzó expresivamente una ceja.

–¿Problemas en el paraíso, *cara*?

–¿Con Matt? Que va. Quiere darme una sorpresa.

–No se tratará de un anillo de compromiso ¿no?

Evangeline estuvo a punto de negarlo de inmediato, pero no lo hizo. ¿Y si se trataba de eso? Pero no era posible. Aquella aventura veneciana solo podía ser temporal. Matt estaba buscando un modo de regresar a su vida anterior, no una esposa. Había demasiados fantasmas deambulando en su alma como para eso.

–No digas tonterías, Vincenzo –contestó finalmente.

Vincenzo se encogió de hombros y bostezó.

–La verdad es que no soy ningún experto en el tema del matrimonio –dijo mientras se encaminaba hacia las escaleras–. Cierra la puerta al salir –añadió a modo de despedida.

Una vez a solas, Evangeline fue incapaz de no pensar en qué haría si Matt echara rodilla en tierra y le asegurara que ya había superado la muerte de Amber…

Pero no era posible. Si lo hiciera tendría que decirle que no y su aventura se habría acabado. No creía que hubiera nada menos adecuado para ella que el matrimonio. A pesar de todo, no dejó de pensar en ello hasta que, casi dos horas más tarde, recibió un mensaje de texto de Matt diciéndole que ya podía volver.

Cuando entró a toda prisa en el Palacio de Invierno, la sorpresa que se llevó estuvo a punto de hacer que se desmayara.

–Oh, dios mío…

En un rincón del cuarto había algo que no estaba antes: un impresionante y brillante piano negro. Matt estaba sentado en la banqueta ante el teclado abierto, observándola atentamente.

–Sé que ha sido presuntuoso por mi parte –dijo–, pero he pensado que, ya que salir por ahí no resulta divertido, tal vez disfrutarías teniendo un piano para tocarlo.

–Gracias. Es… muy bonito.

–De nada, pero no pareces muy entusiasmada. ¿He metido la pata?

Evangeline negó vehementemente con la cabeza.

–Es el detalle más maravilloso que ha tenido nunca nadie conmigo.

Matt se levantó y se acercó a ella para abrazarla.

–Pero hay algo más, ¿verdad? –dijo con delicadeza–. ¿Quieres contarme algo, o ahora el piano es el armadillo?

Evangeline no pudo evitar una risita.

–No quiero tocar –dijo Evangeline sin pensárselo dos veces.

–No tienes por qué hacerlo. Puedo devolverlo –Matt la estrechó con fuerza entre sus brazos y luego la soltó–. Voy a llamar ahora mismo a los transportistas.

–No –Evangeline supo que Matt había dicho aquello a propósito. Estaba a salvo con él. Lo sabía–. No puedo tocar. La música es como una cuchilla de afeitar para mi alma.

–En ese caso, está claro que he metido la pata hasta el cuello –dijo Matt–. Lo siento. No sabía que te resultaba tan duro tocar. Esperaba que te viniera bien, que obtendrías algo de paz haciéndolo.

Un repentino recuerdo hizo cerrar los ojos a

Evangeline. El piano fue su único refugio en la solitaria casa en que creció. Su madre solo se lo compró porque era un posible camino a la fortuna y la fama, pero ella lo transformó en algo distinto, en un medio de expresión que canalizó junto con su voz. Siempre juntos.

–Me gustaría encontrar algo de paz –admitió–. No sé por qué me cuesta tanto.

Matt sonrió, la tomó de la mano y tiró de ella hacia el piano. Matt se sentó en la banqueta del piano e hizo que Evangeline se sentara ante él, entre sus piernas. Luego le hizo colocar las manos en el teclado bajo las suyas.

–Enséñame.

Evangeline rio y apoyó la espalda contra el sólido pecho de Matt.

Evangeline extendió las manos sobre el teclado y comenzó a tocar. Sus músculos recordaron enseguida cómo hacerlo mientras Matt la rodeaba con los brazos por la cintura. Cuando terminaron de sonar las últimas notas, Evangeline se dejó caer contra él, agotada.

–¿Era una de tus canciones? –preguntó Matt con suavidad.

–Es la primera que grabé. Tengo los dedos cansados.

–No tienes por qué tocar más, pero te aseguro que he disfrutado enormemente escuchándote.

–Es un cansancio agradable. Gracias por haber tocado conmigo. Me ha ayudado. He recordado una vez más lo que significa la música para mí.

–¿Qué significa? –preguntó Matt.

La música había sido una evasión para Evangeline, y podía volver a serlo, aunque de forma muy distinta. Podía separar la música de Eva, quitarse aquel disfraz y ver qué había debajo. Eva había desaparecido. Evangeline podía ser ella misma.

–Significa que tengo opciones.

–Has sido valiente volviendo a tocar el piano –dijo Matt a la vez que asentía–. Ha sido duro, pero lo has hecho. Elige hacer otra cosa difícil. Escribe una canción para Sara Lear.

–Pensaré en ello.

–Bien –fue todo lo que dijo Matt.

Matt hacía que se sintiera segura siendo ella misma. Era el único ser al que podía confiar su parte más profunda sin temor a ser rechazada. Era el único que podía lograr que se quedara porque, por primera vez en su vida, quedarse era preferible a marcharse.

Capítulo Seis

La luz de la luna entraba por los ventanales del dormitorio. Evangeline se apartó de Matt cuidadosamente y lo cubrió con la sábana. Se movió un momento, pero no se despertó.

Podría haberse quedado contemplándolo horas, pero las palabras y las frases que se estaban formando en su mente querían fluir, ser escritas en un papel. No podía ignorar la llamada de la inspiración después de haberla perdido durante tanto tiempo.

Una vez abajo se sentó en el sofá con un lápiz y el único trozo de papel que había encontrado. Diez minutos después tenía esbozada gran parte de la letra de una canción. La leyó de nuevo mientras la música de la canción sonaba en su cabeza. Interpretada por la voz adecuada, como la de Sara Lear, subiría rápidamente en las listas de éxitos. Volvió la mirada hacia el piano y luego hacia las escaleras. No quería despertar a Matt, de manera que tendría que aguardar para probar la canción. Guardó la hoja con el texto y contempló las vistas del canal, pensando en Matt.

Allí, en la penumbra, no resultaba tan inquietante admitir que se estaba enamorando de él. Era tan auténtico, tan real… Y su corazón buscaba con anhelo aquellas cualidades. Sabía que nada podría remover a Amber del corazón de Matt y, sin embargo, su corazón se negaba a escuchar el mensaje de su cerebro.

Matt era un desengaño esperando a suceder. Debería irse antes de que fuera demasiado tarde. Nicola, la prima de Vincenzo, tenía una casa en Montecarlo y Vincenzo le había enviado un correo invitándola a pasar allí unos días. Sintió que el estómago se le encogía. No había dejado de molestarla esporádicamente desde el incidente con los periodistas.

¿Cuánto tiempo podrían seguir escondidos allí antes de que Venecia llegara a convertirse en un obstáculo para su recuperación en lugar de un santuario?

Evangeline despertó al sentir la caricia de Matt en su pelo. La luz del día entraba a raudales por los ventanales.

–¿Estás bien? –preguntó él–. ¿Por qué no has vuelto a la cama?

–Eso pretendía, pero me he quedado dormida en el sofá.

–Voy a preparar el desayuno.

El mero hecho de pensar en la comida hizo que Evangeline se sintiera peor.

–Desayuna tú. Yo voy a tomar una ducha. Ya comeré algo luego.

Matt se inclinó hacia ella y la besó en los labios.

–¿Quieres que te frote la espalda?

–Me encantaría –dijo Evangeline, consciente de cómo acabaría normalmente aquella ducha–, pero estoy hecha polvo. La ducha es para despejarme –sonrió para suavizar su negativa.

–Si es lo que quieres –Matt le acarició con ternura la mejilla antes de desaparecer en la cocina.

Sintiendo que le pesaba todo el cuerpo, Evangeline subió las escaleras para tomar una ducha y vestirse. Cuando terminó empezó a sentirse humana de nuevo.

Cuando bajó encontró a Matt en el cuarto de estar.

–¿Te sientes mejor? –preguntó Matt.

–Definitivamente mejor. Estoy despierta, si es a lo que te refieres.

Matt saltó del sofá y la tomó de la mano para llevarla a la cocina para prepararle algo de comer, aunque la mera idea de meterse algo en la boca hacía que Evangeline sintiera náuseas. Por lo visto, el incidente con aquellos malditos reporteros le había afectado más de lo que había esperado. De manera que se sentó a la mesa y fue tomando a sorbos el zumo de naranja que le ofreció. Cuando, al cabo de unos minutos de ajetreo, Matt puso ante ella un plato con una tortilla de aspecto delicioso, Evangeline probó un trozo con cautela, pero logró conservarlo en el estómago sin problema.

–Está deliciosa. Como siempre. Deberías abrir un restaurante.

–Qué va. Improviso y a veces sale algo decente –dijo Matt con una sonrisa–. Cocinar es divertido. No solía hacerlo, pero me encanta cocinar para ti.

–¿Por qué? ¿Por lo imaginativas que son mis formas de agradecértelo? –preguntó Evangeline a la vez que aleteaba las pestañas.

Matt rio.

–Esa es una de las ventajas. Pero sobre todo porque me dejas. Amber no me dejaba entrar en la cocina.

De pronto, aquella tortilla adquirió un significado totalmente nuevo para Evangeline.

–¿No cocinabas nunca para Amber?

–Lo hice alguna vez mientras salíamos, pero no desde que nos casamos. Probablemente no habría vuelto a cocinar si no te hubieras quedado conmigo.

La emoción hico que a Evangeline se le pusiera un nudo en la garganta.

–Gracias por haber resucitado tu espátula por mí.

–Te gusta demasiado encargar comida. O te gustaba. Al menos así sé que estás comiendo algo saludable.

–Oh, comprendo. Cocinas porque te preocupa mi salud –bromeó Evangeline, aunque de pronto fue consciente de que era cierto que Matt había estado cuidando de ella. ¿Qué estaría tratando de decirle con la comida? ¿Que tal vez tenía sentimientos más profundos por ella de lo que había creído?

Pero aquello eran meras ilusiones. De pronto sintió ganas de llorar y se le quitó el hambre.

–Esta noche apenas he dormido. Creo que voy a volver a la cama.

Matt se acercó a ella y la tomó por la barbilla, mirándola con preocupación.

–No te estarás poniendo mala, ¿no?

–Solo estoy cansada.

Matt no parecía convencido, pero no dijo nada. Una vez arriba, Evangeline se tumbó en la cama, pero no logró conciliar el sueño. Quería ocupar el lugar de Amber en el corazón de Matt. Sabía que no era nada aconsejable desearlo, pero no por ello podía hacer desaparecer mágicamente aquel anhelo.

Montecarlo parecía estar enviándole una señal. La música y las letras habían empezado a fluir de nuevo tras un largo y doloroso paréntesis. Si se quedaba, toda aquella inspiración podría secarse de nuevo. Pero, si se iba, Matt podría tener una regresión y perder en poco tiempo todo lo que había avanzado. Estaba claro que aún no se encontraba preparado para volver a su casa.

¿Y si se iban juntos? Pero, si le propusiera, ¿sería capaz de soportar que le dijera que no?

Con una ligera e inasible sensación de inquietud, Matt decidió subir a la azotea con su ordenador. Le habría encantado que Evangeline estuviera con él, pero estaba echando una siesta por tercera vez en aquella semana. Algo estaba sucediendo, y Matt sospechaba que dormía para evitarlo. Sentía cómo se estaba encerrando en sí misma, y con el paso de los días estaba menos habladora.

Aunque lo cierto era que él también estaba evitando hablar del asunto. El corazón le latió más rápido al pensar en la posible marcha de Evangeline.

Entró en la página de la empresa familiar, curioso por saber si había algo nuevo entre manos. Lucas había hecho algunas ventas, pero nada de importancia. Los números deberían haber sido mejores...

Lucas era el que se estaba ocupando del negocio, como él había hecho anteriormente. A pesar de todo, sintió una punzada de culpabilidad. Llevaba la venta inmobiliaria en la sangre, y echaba de menos las negociaciones, los tratos. Necesitaba volver a sentir que triunfaba, que su esfuerzo sería tangiblemente recompensado. Quería volver a ser el Matthew responsable de antes, el Matthew del que los demás podían depender, no un viudo apenado y abrumado por la culpabilidad. Y no había un momento como el presente para empezar a arreglar las cosas.

Antes de pensárselo dos veces, sacó su móvil y envió un correo a su hermano. La respuesta llegó al instante: «¿Pero estás vivo?». Matt esbozó una sonrisa mientras contestaba:

Aún me latía el pulso la última vez que me molesté en comprobarlo.

¿Qué tal van los negocios? Por lo que he visto, la cosa no está especialmente boyante, ¿no?

¿Y a ti en qué te afecta? Ya no es asunto tuyo.

Claro que me afecta. Te enviaré flores para disculparme por haber herido tus sentimientos, pero ¿qué tal van los negocios?

Lucas tardó unos minutos en contestar, lo que inquietó a Matthew.

El Grupo Richard ha abierto sucursal en Dallas.

Matthew masculló una maldición a leer el mensaje de su hermano. Saul Richard era el competidor más peligroso de los Wheeler. Había una especie de acuerdo tácito entre ambas empresas para no entrometerse en sus respectivas áreas de mercado, pero Richard debía haber olido a sangre cuando Matthew se había esfumado…
Había llegado la hora de volver a casa.

En aquel momento oyó que Evangeline lo llamaba, y al alzar la vista la vio cruzando la azotea hacia él. Dejó el teléfono en el suelo para acogerla en su regazo y besarla concienzudamente. Olía a sueño y a Evangeline y a todas las cosas buenas del mundo. Lo había ayudado a sanar. Había iluminado su casa, su alma. Mientras experimentaba la habitual e inmediata avalancha de deseo, de pronto pensó que, si volvía a su casa, tendría que acabar su relación con Evangeline.

Por un instante se planteó pedirle que lo acompañara, pero enseguida comprendió que no podía hacerle aquella invitación. Evangeline se aburriría de Dallas en cinco minutos. Y de Matthew Wheeler en cuatro.

Matt lo olvidó todo en un instante, excepto la cálida brisa que soplaba en su rostro y la ardiente mujer que tenía entre los brazos.

–He venido a hablar –susurró Evangeline junto a su oído–. Deja de distraerme.

–¿Hablar? –repitió Matt mientras introducía una mano bajo la camiseta de Evangeline y la deslizaba por su espalda desnuda hasta alcanzar uno de sus pechos.

Ella gimió y se arqueó hacia él.

–De Montecarlo.

Matt tomó entre el pulgar y el índice de su mano un delicioso y excitado pezón.

–Hay una fiesta –jadeó Evangeline–. No pares. Es maravilloso.

–¿Te refieres a esto? –preguntó Matt mientras seguía acariciándole el pezón.

–Sí… a eso –Evangeline movió sensualmente las caderas sobre el ya excitado miembro de Matt–. Pero te advierto que no he traído preservativo.

–Eso suena a un reto. Hmm –dijo Matt pensativo–. ¿Qué podría hacer a cambio? –añadió mientras tiraba de la camiseta de Evangeline para quitársela por encima de la cabeza y tomar uno de sus pezones entre los labios.

Evangeline gimió su nombre mientras seguía moviéndose sobre él.

A Matt le encantaban sus reacciones, le encantaba causarle aquel efecto. Deslizó un pulgar en el interior de sus pantalones cortos y dentro de sus braguitas y comenzó a acariciarla de forma inmisericorde en el centro de su deseo hasta hacerle alcanzar el orgasmo. Fue un espectáculo maravilloso. Habría podido pasarse la vida mirándola.

Evangeline se dejó caer sobre él, derretida, y Matt respiró profundamente por la nariz hasta que su erección remitió un poco.

–Me estabas hablando de una fiesta.

Había llegado el momento. Evangeline se iba. Tal vez aquel mismo día. Aquella podía ser la última vez que estuvieran juntos.

–¿En serio? –murmuró ella sensualmente.

–Sí. En Montecarlo. Pero habla rápido porque ahora mismo nos vamos a terminar esto abajo –Matt se levantó con ella en brazos, triste por saber que aquello había acabado.

–Um… –Evangeline lo miró y sonrió–. Da igual. Podemos hablar de ello más tarde. Ahora llévame abajo.

Matt asintió. Evangeline era lo mejor que le había pasado nunca. Le había hecho revivir, lo había alentado a seguir adelante… pero también a seguir ocultándose. A seguir siendo un fugitivo.

Lo mejor sería que cada uno siguiera su camino por separado, como habían planeado. Lucas lo necesitaba en Dallas, y la perspectiva de recuperar su antigua vida sin Amber en ella ya no resultaba tan dolorosa. Cuando regresara a casa, Matt desaparecería definitivamente y se acabarían todas aquellas locas aventuras venecianas tan poco propias de Matthew. Evangeline sería libre para volar adonde quisiera.

Cuando recogió su teléfono antes de bajar con Evangeline, vio que había un nuevo mensaje de Lucas:

Yo me ocupo de Richard. No pierdas el tiempo preocupándote por eso.

Evangeline miró su maleta a medio hacer mientras se mordía distraídamente una uña.

Matt se había ido a dar un paseo. Solo. No lo culpaba por estar enfrentándose a la realidad a su manera. Su arreglo temporal había terminado.

Había estado a punto de preguntarle si quería ir con ella a Montecarlo, pero en el último instante no había querido enfrentarse a la posibilidad de un no. Además, Matt había dejado claro que no quería hablar de ello.

Pero intuía que cuando Matt volviera de su paseo lo único que iban a hacer era hablar, porque podía haber sucedido algo realmente serio y alarmante. Lo único que tenía que hacer era verificarlo.

Sonó el timbre de la puerta. Evangeline bajó a abrir y tomó el pequeño paquete que le entregó un joven con un casco. En cuanto cerró, tras darle una propina, sacó la prueba del embarazo de su envoltorio con mano temblorosa. Aquella mañana, tras hacer unos minuciosos cálculos, había llamado a la farmacia en cuanto Matt había salido.

Los dos minutos necesarios parecieron horas, y su vida cambió para siempre cuando, como esperaba, apareció un resultado positivo.

Un gemido mezcla de excitación y incredulidad escapó de su garganta.

Iba a tener un bebé. Un bebé de Matt.

Aquel bebé podía ser la respuesta a su futuro. Ya no podía cantar, pero podía aprender a ser una madre. Y Matt sería el padre. Le estaba ofreciendo lo que Amber nunca pudo darle, la familia que tanto anhelaba. El bebé sellaría definitivamente su relación. Ambos tendrían una familia. Juntos…

Antes de nada debía contárselo a Matt, pero estaba segura de que se sentiría encantado. Matt había llegado a su vida por algún motivo; para ayudarle a recuperarse, a salir de su valle de dolor, pero también para que siguiera adelante con la siguiente fase de la vida.

Y ella era la siguiente fase de la vida de Matt.

Oyó el sonido de la llave en la cerradura y experimentó una de las emociones más intensas de su vida.

–Hola –saludó Matt con una sonrisa al verla–. Me alegra que sigas aquí. Te he comprado algo.

–Yo también tengo algo para ti.

–Ah ¿sí? –dijo Matt–. ¿De qué se trata?

–Primero tú.

Matt sacó de una bolsa una cajita y la dejó caer en las manos de Evangeline.

–Para que me recuerdes.

Evangeline desenvolvió rápidamente la cajita y se quedó boquiabierta al abrirla.

–¡Me encanta!

Era un broche de una pequeña máscara blanca esmaltada y delicadamente pintada con los colores del arcoíris. De los ojos de la máscara caían pequeñas y brillantes gotas de diamantes. Evangeline se colocó la joya en la camiseta, sobre el corazón.

–Quería que tuvieras algo especial pero fácil de llevar, ya que te trasladas tanto.

–Gracias, Matt. Significa mucho para mí que me comprendas tan bien.

–Eso intento –Matt ladeó la cabeza y sonrió–. ¿Y qué tienes tú para mí?

–Mi regalo también es poco habitual, y se traslada fácilmente. Espero que también te guste –Evangeline sacó de un bolsillo la prueba del embarazo y se la entregó.

De pronto se quedó muy quieto.

–Estás embarazada –murmuró con la prueba de embarazo en la mano–. Las siestas, los zumos de naranja… ¡Estás embarazada!

–Y tú vas a ser el padre –Evangeline fue incapaz de no sonreír–. ¡Felicidades!

Matt se dejó caer en un sofá y volvió a mirar la

prueba del embarazo como si aún no pudiera creérselo.

–Supongo que eso significa que piensas tenerlo.

Evangeline lo miró con el ceño fruncido.

–Por supuesto que pienso tenerlo. No hay ninguna posibilidad de lo contrario.

–De acuerdo –Matt respiró profundamente–. De acuerdo. Solo quería asegurarme de haber entendido bien. Creo que es la decisión correcta. Y te apoyaré en todo.

–Eso no lo he dudado ni un instante –dijo Evangeline. Matt no era como su padre. Era un hombre fuerte, competente, y ella había sido lo suficientemente afortunada como para encontrarlo. Un bebé lo cambiaba todo y daba a Matt motivos sobrados para seguir adelante. Con ella–. ¿Cómo te sientes ante la perspectiva de ser padre?.

–Tú has tenido un poco más de tiempo que yo para procesar la información. Concédeme unos minutos para asimilarlo. ¿Quieres algo de beber, o de comer? –dijo mientras se encaminaba hacia cocina–. Ni siquiera sé qué hacer por una mujer embarazada. Enseguida vuelvo.

Mientras Matt iba a la cocina, Evangeline se quedó pensando en su reacción. No se le había ocurrido pensar que reaccionaría así. A fin de cuentas, siempre había querido tener una familia, ¿no? Pero le había pedido unos minutos y no tenía más remedio que concedérselos. Cuando regresara estaría listo para hablar del futuro y hacer planes. Todo iba a ser genial.

***

Una vez en la cocina, Matt apoyó las manos en la encimera y agachó la cabeza para tratar de conseguir que la sangre le volviera a circular por el cerebro.

Evangeline estaba embarazada. Pero él no estaba preparado para pensar en estar con ella para siempre. No podía superar el temor que le producía pensar que, de pronto, dos personas podían convertirse en el centro de su vida… solo para que el destino se las arrebatara en cualquier momento.

Aquella era su recompensa por haberse saltado todas las reglas, por haber vivido el momento sin sopesar las consecuencias. Allí era adonde lo había llevado huir de su vida.

Llenó automáticamente un vaso de agua y se lo bebió de un trago, sin respirar.

A partir de aquel momento tenía que hacer lo correcto. Ante todo era un Wheeler, y ya había llegado el momento de que volviera a actuar como tal. Pero ¿qué iba a hacer? Evangeline nunca encajaría en su vida en Dallas. Pero debía hacerlo. Porque él debía hacerlo. Comprender que no tenían otra opción supuso en cierto modo un alivio. No tenían más remedio que esforzarse por conseguir que las cosas funcionaran.

Cuando regresó al cuarto de estar se sentía más calmado.

–Lo siento –dijo mientras se sentaba junto a

Evangeline–. Ya estoy aquí al cien por cien –añadió.

–Me alegro –contestó ella.

Al fijarse en que tenía los ojos rojos de haber llorado, Matt sintió que se le encogía el corazón.

–Todo va a ir bien –dijo con toda la firmeza que pudo a la vez que la tomaba de la mano–. Lo siento mucho. No quería hacerte llorar.

–Estoy muy emocional. Supongo que por las hormonas. Nunca me había quedado embarazada.

–Todo irá bien –repitió Matt–. Estaré a tu lado, te llevaré al médico, estaré en la sala de partos para ayudar a cortar el cordón umbilical…

–Entonces… ¿vamos a seguir juntos? –preguntó Evangeline, insegura–. ¿Quieres formar parte de la vida del bebé?

El bebé. Iba a ser padre. El pánico que experimentó Matt estuvo a punto de cegarlo, pero fue superado por la sensación de incredulidad y reverencial respeto que le produjo la idea.

–Lo criaremos juntos. Por supuesto que lo haremos.

El bebé sería un Wheeler. Las circunstancias no eran las ideales, y aquel giro de los acontecimientos le había hecho volver a la realidad.

Evangeline le dedicó una llorosa sonrisa. Su relación se había vuelto permanente. Dos personas que apenas tenían más en común que un doloroso pasado iban a ser padres.

–Juntos –repitió Evangeline–. Me gusta cómo suena eso.

116

El pánico volvió a atenazarle la garganta a Matt, pero lo reprimió. Iban a estar juntos. Iban a tener una familia. En cualquier caso, aquello podía considerarse una bendición.

–Podemos casarnos discretamente.

Evangeline se puso repentinamente tensa.

–¿Casarnos? –repitió, desconcertada–. ¿De qué estás hablando?

–Estás embarazada y vamos a casarnos.

Evangeline rio.

–No necesitamos casarnos, Matt. El amor no depende de un papel firmado.

¿Amor? ¿Creía que estaba enamorado de ella? ¿Estaba ella enamorada de él? Evangeline lo volvía loco. Le provocaba impulsos realmente sensuales y eróticos, había logrado hacerle salir del estado de congelación emocional en el que se hallaba. Estando con ella podía sentir lo que quisiera. Pero no podía seguir así siempre. Su vida, su vida real, era ordenada, estructurada, sin sorpresas. Debía recuperar aquello.

Y no quería estar enamorado. No quería repetir aquel error, especialmente con Evangeline, que le hacía sentir tanto. Le resultaba intolerable pensar en la posibilidad de tener un hijo con ella para luego perderla.

–Un bebé tampoco depende del amor –dijo. Aquella afirmación era dura, pero era cierta. La vida real no trataba de conexiones místicas y aventuras venecianas entre dos personas incompatibles–. Vamos a casarnos –repitió.

–¿Quién ha dicho que quiera casarme? –preguntó Evangeline–. Ni siquiera me lo has pedido.

–Eso es una mera formalidad. El matrimonio te sentará bien.

Evangeline se sintió cómo si acabara de abofetearla

–¿Una mera formalidad? –repitió–. Merezco que me lo pidas. Y con una anillo y una declaración de amor adecuada. Inténtalo y entonces te daré mi respuesta.

Matt pensó que tenía razón. Había empezado con mal pie, pero ¿quién podía culparlo? Lo sucedido había puesto todo patas arriba.

–No tengo un anillo. Se suponía que hoy era nuestra despedida. Lo siento –respiró profundamente y se llevó la mano de Evangeline a los labios para besarla antes de soltarla–. Será mejor que pensemos juntos en el próximo paso que debemos dar.

–El próximo paso que debemos dar es recordar que vamos a ser felices –dijo Evangeline con una sonrisa.

Felicidad. La felicidad era algo totalmente imposible cuando Matthew se fue de Dallas. Pero Evangeline había hecho que aquello cambiara. Podían ser felices fuera de Venecia. Evangeline era asombrosa, fuerte, capaz de adaptarse. Podía adaptarse al papel de la señora Wheeler y disfrutar de una vida con raíces. Convertirse en su esposa espantaría definitivamente sus demonios y haría que se volviera menos trotamundos.

–Al menos, ya sabemos que podemos vivir juntos sin matarnos mutuamente.

–Te dejaré cocinar. Todo el tiempo –dijo Evangeline–.No me importa que haya un hombre en mi cocina. De hecho, me excita –añadió, a la vez que se apoyaba contra el cálido pecho de Matt.

Al parecer, Matt ya había asimilado la noticia y había perdido la expresión inicial de pánico. Quería casarse, por supuesto, y ella podría planteárselo si le hacía una proposición realmente buena.

–Hay mucho de qué hablar –dijo Matt, y Evangeline asintió contra su pecho.

–Me gustaría que habláramos de Montecarlo. La fiesta ya está en pleno apogeo, pero si nos vamos el jueves…

–¿Qué? –interrumpió Matt con expresión desconcertada–. No podemos ir a Montecarlo, y menos aún a una fiesta.

–Ahí es donde están mis amigos. Podemos darles la noticia allí. No tenemos por qué quedarnos mucho tiempo –aseguró Evangeline–. Una semana como mucho. Luego podemos volver aquí…

–Venecia se ha acabado –Matt esbozó una sonrisa para suavizar sus palabras–. Volaremos a los Estados Unidos. Podemos irnos en cuanto estés lista. En el camino te compraré un anillo y nos casaremos en casa de mis padres.

–Creía que ya habíamos hablado de la proposición de matrimonio… y aún no habido una –Evangeline frunció el ceño–. Además, no quiero ir a los Estados Unidos.

–Dallas está en los Estados Unidos, y allí es don-de vamos a ir.

–¿A Dallas? ¿Quieres volver a Dallas? –Evangeli-ne siempre había sabido que aquella era la meta de Matt, pero las cosas habían cambiado. Él había cambiado, y también había dicho en más de una ocasión que no creía que pudiera volver–. ¿Qué hay en Dallas para ti?

–Allí está mi familia, mi trabajo. Además, mi madre podrá ayudarte con el bebé.

–Yo también tengo madre –replicó Evangeline, aunque lo último que pensaba hacer era pedirle ayuda o consejo.

–Tu madre puede ir a quedarse en Dallas todo el tiempo que quiera. Pero quiero que mi madre también tenga una relación con su nieto.

–Para eso está Skype.

–Eso es una tontería –Matt desestimó la suge-rencia de Evangeline como si no hubiera habla-do–. Probablemente compre una casa cerca de la de mis padres. Hay un buen colegio en…

–No voy a irme a Dallas, Matt.

–Claro que sí. Hay un circuito artístico muy po-tente, y mi madre conoce a mucha gente.

–Pero si a ti no te gusta Dallas –dijo Evangeline, cada vez más alarmada–. Dijiste que era un lugar opresivo. ¿De verdad crees que vas a poder volver al negocio inmobiliario como si fueras la misma persona que solías ser?

–Tengo que ser esa persona. Ese es mi verdade-ro yo –Matt señaló a su alrededor y luego a sí mismo–. Este no soy yo. Es otro tipo que perdió su camino. Siempre he estado tratando de volver a Dallas, y tengo que agradecerte que me hayas puesto en el camino correcto.

–Dallas no es el camino correcto. Pretendes que los tres encajemos en algo que ya no existe. La mejor opción para ambos es Montecarlo. ¿No te das cuenta? –concluyó Evangeline, casi con desesperación.

–Montecarlo no es un lugar adecuado para la madre de mi hijo –replicó Matt con firmeza.

–Lo es si yo soy la madre.

Cuando se miraron, la frialdad que vio en los ojos azules de Matt dejó a Evangeline sin aliento. Su increíble profundidad y perspicacia parecían haberse esfumado.

–No quiero que andes con esa clase de gente.

–¿Esa clase de gente? ¿A qué te refieres?

–Alcohólicos, como tu ex. Gente que llega a casa tambaleándose tras una noche de quién sabe qué…

Evangeline rio para ocultar su creciente inquietud.

–¿Necesito recordarte dónde nos conocimos?

–Eso es irrelevante. No vas a ir a Montecarlo.

¿Quién era el hombre que estaba hablando por la boca de Matt y mirándola desde sus ojos? Era como si se hubiera puesto otra máscara, pero una máscara que asustaba a Evangeline.

–¿Cómo es posible que tengamos puntos de vista tan distintos? –Evangeline trató de encontrar la empatía que siempre había habido entre ellos, pero comprobó con pánico que ya no estaba allí–. No entiendo lo que está pasando.

–Vamos a tener un bebé y lo vamos a criar en Dallas, donde tendrá los mejores cuidados y las mejores oportunidades, donde podremos llevar una buena vida y ser felices, como tú has dicho.

–¿Y qué se supone que haré en Dallas? ¿Organizar tés con tu madre?

–Si quieres… –Matt se encogió de hombros–. También puedes ayudar a mi cuñada en el refugio para mujeres del que se ocupa, y a organizar bailes benéficos…

–¿Bailes benéficos? –repitió Evangeline, anonadada–. ¿De verdad nos conocemos? ¡Hola, soy Evangeline La Fleur, vivo en Europa y quisiera que el padre de mi hijo viviera aquí conmigo! Tú estás hablando de llevar una vida en Dallas que no puedo llevar.

–¿Que no puedes, o que no quieres?

La frialdad del tono de Matt hizo que los ojos de Evangeline se llenaran de lágrimas.

–No puedo. ¿Realmente has escuchado algo de lo que te dicho estos días? Me moriría en ese entorno.

–Estarás conmigo. Yo te mantendré entretenida –dijo Matt con una sonrisa voraz que hizo que Evangeline experimentara náuseas.

–¿Eso es todo lo que soy para ti?

–No, claro que no –se puso serio a la vez que negaba con la cabeza–. Quiero que seas mi esposa.

Todo encajó en aquel instante en la mente de Evangeline.

–En realidad no has estado tratando de superar la desaparición de Amber de tu vida. Por eso te está llevando tanto tiempo. No estabas buscando una cura, sino una sustituta. Y me encontraste a mí.

–Nadie podría sustituir a Amber –el cortante tono de Matt fue como un puñal–. Jamás se me habría ocurrido intentarlo.

–Por supuesto. Mi error. Me he estado enamorando de ti. Todo el tiempo. Dime que solo ha sido cosa mía.

La expresión de Matt se suavizó al escuchar aquello.

–Lo siento. Lo último que querría sería hacerte daño.

–Pero vas a hacérmelo de todos modos.

Evangeline sabía que Matt era un hombre sincero, y que nunca le mentiría.

No la amaba. No podía amarla porque no era Amber. Ella nunca podría colmar el vacío que había dejado Amber en el corazón de Matt.

Toda su vida había estado condicionada por el rechazo de personas que no la habían querido porque no era otra. No era Lisa. No era Sara Lear. Y no era Amber.

–Nunca te he hecho promesas –dijo Matt tras dar un suspiro–. No hago promesas que no tengo intención de cumplir. Y aún no estoy listo para volver a enamorarme. Puede que nunca lo esté.

Evangeline no esperaba que la verdad pudiera ser tan brutal.

–¿Me estás proponiendo que nos casemos y criemos un hijo como compañeros de piso?

–Hemos estado viviendo juntos sin amor. ¿Por qué tienen que cambiar las cosas? Será como en Venecia, pero permanente.

De manera que ella no era alguien a quien amar y cuidar. Su propia soledad, su miedo a un futuro incierto la habían impulsado a inventarse aquella relación. Matt pretendía que sacrificara todo lo que era y a cambio le ofrecía no amarla nunca como amó a Amber.

–Oh, el bebé estará atendido. Mi bebé –corrigió con dureza–. Por si no te has dado cuenta , no necesito tu ayuda para hacerlo. No soy una adolescente, y afortunadamente, tengo el suficiente dinero como para ofrecer a mi bebé todas las oportunidades disponibles bajo el sol. Tú vuelve a Dallas y asiste a alguna de esas fiestas de caridad organizadas por los ricos. Yo estaré en Montecarlo viviendo la vida que tiene sentido para mí.

A continuación se levantó y, con los ojos llenos de lágrimas, subió a la habitación a terminar de preparar el equipaje.

Capítulo Siete

–Evangeline –Matthew llamó de nuevo la puerta–. Abre, por favor. Aún no hemos terminado de hablar…

–Oh, claro que hemos terminado –contestó Evangeline, y a continuación, se oyó el golpe de un cajón al ser cerrado con bastante más fuerza de la necesaria–. Un buen abogado nos ayudará a establecer tus derechos de visita.

Derechos de visita. Abogados. Si aquello era una pesadilla, estaba durando demasiado.

–Un abogado no es la respuesta.

–¿Por qué lo dices? ¿No tienes uno? –preguntó Evangeline en tono sarcástico.

–Yo soy abogado. Es cierto que no estoy versado en las leyes de custodia internacionales, pero podría…

La puerta se abrió en aquel instante y apareció Evangeline con el rostro bañado en llanto. Matt odió ser el motivo de sus lágrimas.

–¿Eres abogado? –espetó, como si Matt acabara de revelarle que en realidad era un terrorista.

–Tengo el título. Pero no creo que eso tenga ninguna relevancia en relación al asunto del que estamos hablando.

–Vaya, al parecer hoy es un día de revelaciones –Evangeline se cruzó de brazos–. No me extraña que seas tan moralista. ¿Has olvidado contarme algo más?

–No te lo he ocultado a propósito, ni para enfadarte. Simplemente el tema no ha surgido.

–Pero sirve para ilustrar el punto. Yo confié en ti. Siempre he sido totalmente sincera contigo, y sin embargo, tengo la sensación de no conocerte en absoluto.

Aquel fue un golpe directo. Matt había llevado su máscara mucho más tiempo que ella. Todo aquello era culpa suya.

–No pretendía engañarte…

El enfado de Evangeline se desinfló en un instante.

–Creía que… pero ya da igual.

–No da igual, Evangeline. No quiero tener que utilizar abogados para hablar de custodias y derechos de visita. El bebé debe estar con ambos padres.

–En ese caso, ven conmigo a Montecarlo –imploró Evangeline–. Demuestra que eres el hombre que creía que eras. Llegaste a mí roto. Quiero que vuelvas a estar completo. Deja que termine de sanarte.

–Eso ya lo has hecho –sin poder contenerse, Matt la tomó entre sus brazos. La calidez de su cuerpo, el familiar aroma de su pelo, se habían convertido en una especie de droga para él–. Por eso me siento capaz ahora de volver a Dallas y retomar las riendas de mi vida. Porque tú has hecho que vuelva a sentirme vivo.

Vivo. Sí. ¿Pero qué sería de él sin ella?

—No —Evangeline enterró el rostro en el cuello de Matt—. No estás totalmente curado. Si lo estuvieras, podrías amarme.

—Cuando nos conocimos te dije que no tenía nada que ofrecer. Lo siento, pero ni siquiera el bebé puede cambiar eso.

Evangeline asintió lentamente.

—Comprendo. Y eso tampoco cambia el hecho de que no puedo casarme contigo. Si estuviéramos enamorados, yo… bueno, ya da igual, ¿verdad?

Matt permaneció en silencio. Evangeline quería que la amara. Y él no podía. El purgatorio de la pérdida era demasiado doloroso. No estaba dispuesto a volver a caer en el agujero de la depresión. Ni siquiera por Evangeline. O sobre todo por ella, porque le hacía sentir demasiado.

—Entonces, ¿no podemos llegar a un acuerdo?

—Oh, Matt —Evangeline lo besó con delicadeza en los labios—. Claro que estoy dispuesta a llegar a un acuerdo. Londres. Madrid. Elige un lugar. Montecarlo en sí no es tan importante como lo que representa. No te recuperarás del todo hasta que aceptes que tu vieja vida ya no existe. No puedes volver atrás. Ninguno de los dos podemos. Si quieres avanzar, Montecarlo es la respuesta.

—No para mí —contestó Matt, consciente de que no podía seguirla por el mundo como un adolescente con dinero y sin responsabilidades. Además, sin tenerlo a él cerca, la angustia volvería a apoderarse de Evangeline. ¿Cómo diablos pensaba que iba a sobrevivir sin él?

–En ese caso, esta es la despedida –murmuró Evangeline, y se apartó de él.

Matthew llamó a un taxi en lugar de a Lucas, aunque sabía que su hermano habría ido de inmediato al aeropuerto a recogerlo. Pero no quería ver a nadie. Aún no había asimilado que había dejado a Evangeline en Venecia. Era la madre de su hijo y había tenido que dejar que se marchara.

Cuando bajo del taxi ante la casa de sus padres permaneció un momento en la acera, contemplando el familiar entorno en que había crecido. Pero apenas estaba reconocible, y resultaba muy extraño estar allí después de Venecia, donde en lugar de coches había góndolas.

Un instante después de que llamara, la puerta delantera se entreabrió y su madre asomó su rubia cabeza.

–¡Vaya! ¡Menuda aparición! –exclamó con expresión radiante–. Pasa, pasa cariño. Deberías haberme dicho que venías…

Matthew sonrió al notar cómo se le quebraba la voz.

–Hola, mamá. Era una sorpresa.

Su madre le hizo entrar y revoloteó a su alrededor, insistiendo en que se alojara allí. Matthew ni se molestó en protestar mientras llevaba su equipaje al dormitorio. Discutir con su madre nunca había servido de nada.

Una vez en el cuarto de estar, su madre se sentó en el sofá y palmeó a su lado.

–Siéntate y mírame –tras apartar un mechón de pelo de la frente de su hijo, añadió–. ¿Vas a quedarte mucho tiempo?

–Sí. He venido a quedarme –contestó Matt.

Su madre lo miró con una mezcla de incredulidad y esperanza.

–¿Has encontrado lo que estabas buscando?

–En realidad no. Pero he deducido que es porque no sabía qué estaba buscando. Nunca se me ha dado bien actuar sin tener un plan.

–Eso es cierto. ¿Y cuál es tu plan ahora?

–Voy a volver al trabajo. Lucas ha logrado meterse en un agujero peligroso y voy a ayudarlo a salir.

–¿En un agujero peligroso? –repitió su madre, desconcertada–. ¿Te ha dicho él eso?

–Sé lo del grupo Richard. En parte he vuelto por eso.

–Creo que deberías hablar con él. Organizaremos una comida familiar para celebrar tu regreso. Llama a tu hermano y dile que venga temprano para que te ponga al tanto. Lucas se ha estado ocupando de todo y no creo que le haga gracia que te entrometas y empieces a mandarle.

Matthew estuvo a punto de poner los ojos en blanco, pero se contuvo por respeto a su madre.

–No voy a mandarle. Voy a ayudar.

–Vale, pero recuérdalo. Estás ayudando. No estás a cargo.

Matt asintió y fue incapaz de contener un sonoro bostezo.

–Disculpa, mamá. Voy a tomar una ducha y a descansar un rato –tras abrazar cariñosamente a su madre, añadió–: Gracias por haberme dejado venir a casa.

–No seas tonto, cariño. Por grande que seas, sigues siendo mi pequeño. Te quiero. Siempre serás bienvenido.

Matt estuvo a punto de contárselo todo en aquel momento, el dolor de los pasados dieciocho meses, la depresión, la desorientación, y cómo había vuelto a revivirlo todo en el viaje de vuelta a casa, pero a manos de otra mujer. Pero las heridas de Evangeline eran demasiado frescas, y las de Amber parecían demasiado... lejanas.

Frunció el ceño. ¿Cuándo había sucedido aquello? Pensar en Amber le producía una especie de brumosa calidez. Las punzadas de angustia y tristeza habían desaparecido

–Nos vemos a la hora de cenar –tras besar a su madre subió al dormitorio y trató de despejarse con una ducha, pero apenas le sirvió de nada. Después de llamar a Lucas, se tumbó en la cama y encendió la televisión. Unos minutos después estaba profundamente dormido.

Le despertó el sonido de la puerta al chocar contra la pared. Aturdido, se irguió en la cama. En una cama vacía. No estaba en Venecia con Evangeline. Estaba en Dallas. Solo. Aunque en aquellos momentos su hermano Lucas lo observaba desde el umbral de la puerta con una sonrisita en el rostro.

–¡Cielo santo! Tienes un aspecto deplorable.

–Gracias –gruñó Matthew–. Eso es justo lo que necesitaba escuchar. Estaba durmiendo, por cierto, aunque aprecio que desearas tanto verme que no hayas podido esperar.

–No podía creer que estuvieras aquí. Tenía que verlo por mí mismo. ¿Has vuelto definitivamente?

–Eso parece. A fin de cuentas estoy aquí, ¿no? –dijo Matthew en tono de reproche.

Lucas se sentó en el borde de la cama.

–Te fuiste de Dallas hecho polvo. Solo quiero saber cómo estás.

Matthew dejó caer la cabeza entre las manos. No era solo el desfase horario lo que lo estaba afectando. Estar sin Evangeline, saber que la había hecho daño, era más peso del que se sentía capaz de soportar.

–La verdad es que no lo sé.

–La muerte de Amber estuvo a punto de destruirte. No dejes que termine el trabajo –aconsejó Lucas con suavidad–. Te has tomado un tiempo para recuperarte. Ahora vuelve a sumarte a la vida. Estoy trabajando para derrotar al Grupo Richard. Contar con otro Wheeler para lograrlo no hará ningún daño.

–Si Amber fuera el problema, ya no habría tal problema. Desafortunadamente lo único que he hecho ha sido cambiar un problema por otro.

–Sospecho que esto tiene que ver con esa dama tan sexy que conociste, ¿no? ¿Qué ha pasado?

–¿Cómo sabes eso? –preguntó Matthew, desconcertado.

–¿Has olvidado que existe la prensa? Todo el mundo lo sabe. Sales muy bien en las fotos, por cierto. Así que la chica ha creído que es demasiado buena para ti. ¿Voy a tener que reconfortar de nuevo tu corazón roto?

Matthew gruñó.

–Déjalo ya. No sabes de qué estás hablando.

–Oh, pobrecito. ¿Te ha hecho llorar? –Lucas golpeó a su hermano en el brazo y Matthew le dedicó una mirada asesina.

–Te he dicho que lo dejes. Está embarazada.

Matthew no tenía intención de contar nada, pero estaba tan agobiado que no pudo contenerse.

–¿Y por qué no está ella aquí contigo? –preguntó Lucas con el ceño fruncido. De pronto su expresión se iluminó–. Oh, no es tuyo.

–Por supuesto que es mío –espetó Matthew.

Lucas empezó a reír y no paró hasta que su hermano le dio un empujón.

–Vaya, vaya. Hay que ver cómo caen los grandes.

–¿Qué quieres decir con eso? –dijo Matthew con expresión de pocos amigos.

–¿Tengo que recordarte lo que me dijiste sobre Cia? ¿Has olvidado la bronca que me echaste por haberla dejado embarazada la primera vez que estuve con ella?

Matthew recordaba vagamente haber dicho unas cuantas necedades.

—¿Es demasiado tarde para disculparme?

—No hace falta que te disculpes —dijo Lucas con una sonrisa—. Es agradable comprobar que eres humano, como el resto de nosotros. ¿Y dónde está ella ahora? ¿Os habéis peleado o algo así?

—Peor. Ha rechazado mi propuesta de matrimonio y se ha ido con sus amigos.

Lucas soltó un silbido.

—Mujeres. No se puede vivir con ellas ni sin ellas.

—En realidad no le hice una proposición. Me limité a decirle que íbamos a casarnos. Uno se casa con una mujer si la deja embarazada, ¿no? Pero ella está hablando de abogados, custodias…

—No me extraña que te dejara —dijo Lucas—. Es obvio que no tienes un solo hueso romántico en todo el cuerpo. ¿Cómo diablos te la ligaste?

—No me la ligué —replicó Matthew, molesto—. No fue así. Desde el primer instante surgió entre nosotros algo… No sé. Diferente.

—¿Diferente de qué? ¿De Amber?

—Diferente a cualquier otra cosa que haya experimentado. ¿Qué harías tú si de pronto todo lo que creías saber sobre ti mismo se desmoronara? —preguntarse qué habría hecho Lucas en sus circunstancias era precisamente lo que le había llevado a meterse en aquel lío, de manera que ¿por qué romper la tradición?, pensó Matthew con ironía.

—A mí me pasó exactamente lo mismo, y lo que

hice fue fijarme en mi hermano mayor y decidí que quería ser igual que él.

–¿Igual que yo? –repitió Matthew, asombrado–. Me fui de pronto cargándote con todas mis responsabilidades ¿y lo que se te ocurrió fue imitarme?

–Nadie te culpa por eso. Necesitabas tomarte un tiempo para recuperarte. Pero supongo que has olvidado el resto de la conversación que tuvimos la tarde en que murió el abuelo. Dijiste que yo podía ser tú y que tú ibas a ser yo. Me lo tomé en serio y me metí en tus zapatos porque quería tener tanto éxito como tú.

–Yo también me lo tomé en serio –Matthew rio con ironía–. ¿Sabes cómo conseguí la atención de Evangeline? Simulé ser tú. Y funcionó.

–Yo nunca he seducido a una cantante pop famosa –dijo Lucas con una sonrisa.

–Yo no sabía que era una cantante famosa. Lo único que quería era volver a sentir algo y, de pronto, allí estaba ella, como una respuesta a mis ruegos. Pero ahora no quiere saber nada de mí, y mi hijo va a vivir en Europa mientras yo estoy aquí –Matthew suspiró antes de añadir–: Mamá se va a sentir muy decepcionada. No sé qué hacer.

–Seguro que pronto lo averiguarás –Lucas apoyó una fraternal mano en el hombro de su hermano antes de levantarse–. Nunca te he visto fracasar cuando te has propuesto algo de verdad.

Matthew miró a su hermano mientras salía de la habitación para dejarle vestirse. Lucas había ocupado su puesto con más éxito del que nadie habría esperado, y en gran parte gracias a Cia. No había que subestimar nunca el poder de la mujer adecuada.

Cuando bajó, todos estaban ya sentados a la mesa.

–Hola, hijo –su padre, que tenía una aspecto excelente y parecía en plena forma, se levantó para darle un abrazo.

–Parece que has jugado mucho al golf últimamente, ¿no, papá?

–Lucas se dedica a dirigir la empresa y yo a disfrutar de la vida. Espero que pronto hagamos juntos unos hoyos.

Cia miró a Matthew y apartó con un movimiento de la cabeza su melena negra de los hombros.

–Disculpa que no me levante –dijo a la vez que señalaba su avanzado embarazo.

–Hola, Cia –Matthew se inclinó para besarla en la mejilla, sonrió a su madre, y a continuación tuvo que aguantar una larga discusión sobre las estrategias que estaba utilizando Lucas para librarse de sus competidores.

Después de comer se sentó en el porche con Lucas y Cia, que no paraban de reír tontamente mientras se hacían toda clase de arrumacos.

–¿Por qué no os vais a un dormitorio? –sugirió finalmente, harto.

–Que hayas fastidiado las cosas con tu mujer no

quiere decir que yo no pueda disfrutar de la mía
–dijo Lucas, que tuvo que protegerse con un brazo
de la torta que quiso darle Cia.

–Deja en paz a tu hermano.

Matthew se quedó sorprendido. Sabía que nunca le había caído bien a su cuñada.

–¿Me estás defendiendo? ¿En qué se va a acabar
convirtiendo el mundo?

En lugar de hacer algún comentario irónico,
como solía, Cia le dedicó una sonrisa.

–Dímelo tú. ¿En qué se ha convertido tu mundo, Matthew?

–En un desastre. Supongo que Lucas ya te lo ha
contado todo.

–No. Lo he visto en internet. No se ha hablado
de otra cosa en el refugio durante una semana. Espero que hayas traído al menos un par de autógrafos.

–He venido a casa sin nada –contestó Matthew
con una expresiva mueca.

–Veo que tu actitud no ha cambiado. Es una lástima –dijo Cia con un suspiro–. Ahora voy a tener
que pagarle mi deuda a Lucas.

–¿Habíais hecho una apuesta?

–Sí –contestó Lucas–. En cuanto Cia vio tus fotos con Eva, aseguró que no volverías. Así que yo
he ganado la apuesta.

–No sé cómo habéis podido sacar tantas conclusiones de una foto.

–¿No has visto las fotos? –preguntó Cia. Sin esperar la respuesta de Matthew, Cia alargó una mano hacia Lucas–. Dame el teléfono por favor. Un instante después se lo alcanzó a Matthew. Cuando este miró la foto, el delicioso rostro de Evangeline lo asaltó desde la pantalla, atenazando su corazón–. Esa foto es la primera evidencia que he visto de que tienes dientes y puedes sonreír –dijo Cia.

Matthew apartó la mirada de Evangeline y se contempló a sí mismo. Apenas se reconoció.

–Antes de irte tenías el ceño perpetuamente fruncido, más o menos como ahora –continuó Cia.

Matt no tenía el ceño fruncido en la foto. Parecía feliz con el brazo en torno a los hombros de Evangeline. Parecían una pareja. Una pareja totalmente enamorada.

Quisiera reconocerlo o no, había sucedido, se dijo Matthew. La única verdad era que se había estado enamorando de Evangeline desde el principio.

–Si estás tan triste sin ella, ¿por qué no te vas adonde está para arreglar las cosas?

–Somos demasiado diferentes como para que las cosas puedan funcionar entre nosotros –dijo Matthew.

–Tonterías. No estás haciendo nada para que funcione –dijo Lucas con firmeza–. Tú estás aquí y ella allí. Te aseguro que el mero orgullo no te mantendrá calentito por las noches. Trágatelo y mira algún vídeo en YouTube para saber cómo hacer una proposición adecuada de matrimonio.

Matthew sintió de pronto que su mente se iluminaba. El error no había sido el embarazo accidental de Evangeline. El error había sido dejar que se fuera de su lado.

¿Pero cómo diablos iba a arreglar las cosas a aquellas alturas?

Tumbada en la cama, Evangeline tuvo que secarse los ojos por enésima vez. Las náuseas matutinas eran peores que una muerte lenta a manos de algún sádico. Ningún método servía de nada, y maldecir a Matt tampoco. De hecho solo le servía para ponerse a llorar, como en aquellos momentos. Todas sus hormonas anhelaban volver a estar a su lado.

Pero ¿cómo podía seguir sintiéndose tan afectada por un hombre que había desnudado por completo su alma para luego rechazarla? Había confiado en él lo suficiente como para enamorarse solo para ser finalmente rechazada. Una vez más.

En realidad no podía estar enfadada con él. Matt no le había mentido. Había sido ella la que se había estado mintiendo sobre lo que Matt necesitaba. En realidad nunca había querido superar la pérdida de Amber. La expresión de su rostro cuando lo había amenazado con desaparecer había estado a punto de matarla, ¿pero qué otra cosa podía haber hecho?

Nicola, la prima de Vincenzo, llamó en aquel momento a la puerta entreabierta.

–¿Necesitas algo, querida?

—No, gracias. Estoy bien —no era cierto.

—Vamos a ir a un club en el que no dejan entrar a los paparazzi. Puede que conozcas a alguien que te ayude a olvidar.

—Creo que paso. No creo que nadie vaya a interesarse por alguien que tiene que ir corriendo al baño cada cinco minutos.

Cuando Nicola asintió y se fue, Evangeline tuvo que reprimir el impulso de llamarla, de pedirle que le hiciera un poco de compañía. Pero no quería ser una carga para sus amigas no embarazadas. Además, había acudido a Montecarlo para ver cómo fluía su recién recuperada inspiración para componer canciones.

En lugar de tomar una de las hojas en blanco que tenía en la mesilla, sacó de debajo de la almohada el papel con la letra de la canción que había escrito en Venecia. Probablemente había leído aquella letra cientos de veces, una letra que hablaba de conexiones profundas entre las personas, de amor, de relaciones significativas, de la familia, de las cosas de las que había carecido a lo largo de su vida, y que, sin embargo, habían quedado muy bien plasmadas en la letra. La evidencia de lo que Matt había aportado a su vida estaba en aquella canción.

Era una suerte que ya no pudiera cantar, porque nunca habría sido capaz de interpretar aquella canción entera sin desmoronarse. Sara Lear haría justicia a la canción, que podría suponer un buen empujón para su ya estelar carrera.

Pero, por algún motivo, no lograba imaginar a Sara cantándola y, de pronto, tuvo una repentina inspiración. Sin pensárselo dos veces, tomó su móvil y marcó un número.

—Hola, soy Evangeline, tu hermana.

—¿Evangeline? —la sorpresa de Lisa quedó de manifiesto en el tono de su voz.

—Siento llamarte tan de pronto. He pasado una temporada bastante dura y quería disculparme por no haberme mantenido en contacto. ¿Crees que podemos empezar de nuevo?

—¡Claro que sí! ¿Cómo estás? ¿Qué ha pasado? Tu voz suena distinta.

—La operación me estropeó las cuerdas vocales, pero no quiero hablar de eso. Lo que quiero saber es si sigues cantando.

—Sí, claro. Formo parte de un grupo vocal en el instituto y los fines de semana voy al karaoke. Papá ha dicho que podré grabar alguna demo cuando termine el instituto.

Papá. El estómago de Evangeline se encogió al escuchar la palabra que con tanta facilidad utilizaba su hermana para mencionar al hombre que no había hecho nunca nada por ella. Pero estaba dispuesta a dejarlo pasar a cambio de renovar su relación con su hermana.

—Tengo una idea mejor. He escrito una canción para ti. Me gustaría escucharte cantarla y, si las dos estamos de acuerdo, querría que la grabaras con mi antiguo productor.

—¡Cielo santo! ¿Hablas en serio?

–Quiero relanzar mi carrera como compositora y, ¿para quién escribirlas mejor que para la familia? Si trabajamos duro, nuestra asociación podría lanzar tu carrera y la mía.

Y lo mejor de todo era que, cuando alguien le preguntara qué iba a hacer ahora que no podía cantar, tendría una respuesta que dar. Y además de una nueva orientación profesional como compositora, podría empezar a reforzar sus lazos familiares, cosa que estaría muy bien ahora que iba a tener una familia propia…

Una oleada de culpabilidad la invadió. De pronto se sorprendió a sí misma diciendo:

–Planeo viajar a los Estados Unidos pronto. ¿Te importa si paso por Detroit para que hablemos de esto en persona?

–¡Eso sería genial! ¿Cuándo vienes?

–Aún no lo sé con exactitud. Ya te llamaré. Antes tengo que hacer una parada en Dallas.

No quería que su hijo creciera sin conocer a su familia. Su bebé merecía conocer a su padre, a sus abuelos, a sus tíos y tías. No quería que su hijo sintiera la soledad que ella había experimentado.

Pero nada de aquello sucedería si seguía ocultándose en Europa para siempre. Tenía que encontrar un medio de compartir a su hijo con Matt, por mucho que le doliera. Su bebé necesitaba que fuera valiente. Debía ir a Dallas a establecer una relación con la familia de su hijo. Estaba decidida a lograr que aquello funcionara, y le daba igual dónde acabara viviendo.

Capítulo Ocho

El vuelo a Dallas fue agotador. Tuvo que hacer dos transbordos, soportar varios retrasos y sobrellevar como pudo las náuseas, pero finalmente se hallaba en un taxi camino de la casa de Francis y Andrew Wheeler. El taxi se detuvo ante una casa muy parecida a la que había imaginado: acogedora, hogareña y localizada en un barrio tranquilo donde los niños podían jugar sin peligro en la calle.

Una atractiva mujer de mediana edad respondió a su llamada a la puerta. Matt había heredado los ojos azules y el pelo rubio de su madre. Su expresión al verla le recordó a la de Matt cuando le dio la prueba del embarazo.

—Hola —saludó Evangeline—. No nos conocemos, pero…

—Matt no está aquí.

—Oh. Me ha reconocido…

—Por supuesto. Eres la madre de mi nieto.

No Eva. Ni Evangeline, sino algo completamente distinto: parte de una familia. Evangeline lo interpretó como un indicio de que había hecho lo correcto acudiendo allí.

—Lo soy.

Evidentemente, Matt le había contado a todo el mundo lo del bebé.

La madre de Matt sonrió con calidez.

—Y yo estoy siendo muy maleducada. Soy Fran. Pasa, por favor. Debes estar agotada después de tu largo viaje. ¿Puedo llamarte Evangeline? Me alegra mucho conocerte.

Una vez dentro se pusieron a charlar como si se conocieran desde hacía años. El hogar de los Wheeler envolvió de inmediato a Evangeline con su calidez.

—Tienes una casa preciosa. Ya veo de dónde ha sacado Matt su buen gusto. Y lo cierto es que me alegro de que no esté aquí. En realidad he venido a verte a ti.

—¿En serio?

Evangeline no sabía cuánto había contado Matt a sus padres, pero su relación con Fran podía y debía durar mucho tiempo.

—Fue muy egoísta por mi parte irme a Montecarlo. Matt me hizo daño y utilicé esa excusa para mantener a todo el mundo alejado de mi bebé. Pero quiero que tú y toda tu familia forméis parte de la vida de mi bebé. Es muy importante para mí.

—A mí también me gustaría que fuera así —dijo Fran sin ocultar su alegría—. Preferiría que los padres de mi nieto estuvieran casados, pero te aseguro que esto es lo último que pienso decir en referencia a algo que, como mi hijo me ha dejado bien claro, no es asunto mío.

—El matrimonio fue uno de los motivos por los

que discutimos –admitió Evangeline de inmediato–. Pero estoy aquí porque me he dado cuenta de que estaba equivocada respecto a varias cosas. Por ejemplo, estoy dispuesta replantearme mi empeño en vivir en Europa.

–Eso supone un gran alivio. Es una lástima que Matt no esté aquí para que puedas decírselo personalmente.

–¿Te importa si me quedó aquí a esperarlo?

Fran sonrió.

–Claro que no. Pero puede que tengas que esperar bastante rato, porque ha tomado un vuelo para Montecarlo esta misma mañana.

Al parecer era cierto que Matt iba a perseguir a Evangeline por todo el mundo.

Ya había hecho casi todo excepto dedicarse a pasear por la calle Grimaldi gritando su nombre para tratar de encontrarla. Vincenzo y sus amigos ni siquiera se habían enterado de que se había ido de Montecarlo.

Frustrado, y harto de aviones y aeropuertos, decidió ir a Venecia a pensar qué iba a hacer. ¿Qué mejor lugar podía elegir para hacerlo? El Palacio de Invierno le ofrecía el único espacio de cordura que había conocido en mucho tiempo.

Acudir allí había sido una apuesta arriesgada, porque Evangeline había impregnado con su personalidad toda la casa, y los recuerdos podían resultar despiadados para su corazón.

Todo seguía exactamente como lo había dejado. El piano se hallaba en su rincón, cubierto con unas telas que lo protegían de la falta de uso. Los sofás seguían frente a los ventanales que daban al Gran Canal, y los personajes de los frescos que adornaban el techo continuaban observándolo todo atentamente.

Y la sensación de libertad que le producía estar allí, como si pudiera hacer o ser lo que le viniera en gana, seguía siendo la misma.

Pero eso probablemente tenía que ver con la mujer que apareció en el umbral de la puerta de la terraza, enmarcada por el esplendor de Venecia.

—Empezaba a pensar que nunca ibas a llegar —dijo Evangeline con una sonrisa que alcanzó de lleno el corazón de Matt. Como siempre.

—¿Qué haces aquí? —fue lo único que logró decir Matt.

—Vincenzo fue a recogerme a Heathrow y aquí estoy.

Aquello no reveló nada a Matt sobre sus intenciones.

—¿Cómo sabías que iba a venir aquí? —preguntó con voz ronca. Evangeline estaba preciosa, radiante como una virgen del renacimiento retratada con su hijo. No había nada en Dallas ni en el resto del mundo que mereciera más la pena. ¿Cómo había podido ser tan estúpido como para no haberse dado cuenta antes de estropearlo todo?

¿Seguiría enamorada de él, o también habría estropeado aquello?

Evangeline se encaminó hacia él y se detuvo antes de invadir su espacio, probablemente porque Matt no le había dado ningún indicio de bienvenida.

–Adivínalo.

–Yo… he ido a buscarte a Montecarlo.

–Lo sé. Me lo dijo tu madre.

–¿Mi madre? –repitió Matt, desconcertado.

–Fui a Dallas –los ojos de Evangeline se humedecieron–. No quiero separar a nuestro bebé de ti, Matt. Ni de tu familia. Fue muy egoísta y estúpido intentarlo. Tenía que disculparme, empezando por tu madre, y acabando contigo. Lo siento. Quiero que tengas una relación auténtica con nuestro bebé.

–Oh –Matt trató de ocultar su decepción. Esperaba que Evangeline hubiera decidido milagrosamente ofrecerle otra oportunidad a pesar de que él le había dicho que no tenía nada que ofrecer–. Soy yo quien debe disculparse. Yo también lo siento. Pero ¿cómo voy a tener una relación con mi hijo si tú estás en Europa?

–No voy a quedarme en Europa. Hablé con mi hermana y va a grabar algunas canciones que he escrito. Nunca me hizo gracia la idea de ofrecérselas a Sara Lear. Pero Lisa es otra historia. Voy a ir a Estados Unidos para que podamos trabajar juntas.

–Eso es genial –dijo Matt, orgulloso de que Evangeline estuviera encontrando de nuevo su camino–. ¿Pero por qué volaste hasta Dallas para disculparte en persona?

—Planeaba ir de Dallas a Detroit.

—Pero ahora estás aquí, no en Detroit.

—Sucedió algo gracioso cuando llegué a Dallas. Tú no estabas. Te habías ido a Montecarlo. Necesito saber por qué.

Matt dudó un momento, pero enseguida recordó que estaba en el Palacio de Invierno, y que allí podía decir todo lo que había en su corazón.

—Cuando fui a Dallas no tardé más de cinco minutos en darme cuenta de que seguía en mi valle de dolor. Y cuando alcé la mirada me di cuenta de que no podía llegar a lo alto de la montaña, a menos que tuviera a mi lado a alguien con alas que me ayudara a llegar.

—¿Yo? —susurró Evangeline.

Matt asintió.

—Perdóname por todas las estupideces que dije. No puedo estar sin ti. Te quiero.

Las lágrimas se derramaron por el rostro de Evangeline.

—¿En serio?

—En serio —Matt recorrió la escasa distancia que los separaba y la estrechó entre sus brazos apasionadamente—. El egoísta fui yo, por aferrarme al pasado teniendo el futuro expuesto ante mí.

—Pero dijiste que no estabas preparado...

—No quería que mis emociones volvieran a exponerme al dolor de la pérdida. Pero ya era demasiado tarde, por supuesto, porque ya estaba enamorado de ti. Amber formó parte integral de mi vida durante mucho tiempo y, cuando murió, fue como si un coche perdiera su motor. Uno no puede funcionar sin el otro. Pero yo nunca fui un coche para ti y, debido a eso, encajamos de forma diferente. No me di cuenta de eso hasta que volví a casa y traté de ser de nuevo un coche.

—¿Estás diciendo que no quieres volver a ser un coche, o tratas de convencerme para que compre uno?

Matt rio.

—Lo que estoy diciendo es que tenías razón. No puedo retomar las riendas de mi vieja vida y no quiero hacerlo. Quiero encontrar una nueva dirección contigo y nuestro bebé, ir adonde nos lleve el viento. Fui a Montecarlo a decirte eso.

Evangeline le dedicó una mirada de cautelosa esperanza.

—¿Has venido cargado con un anillo y una propuesta de matrimonio original?

—No. Esta vez vamos a hacer las cosas según tu agenda. Pienso seguirte adonde vayas tengamos o no un papel en el que se diga que somos marido y mujer. Jamás volveré a mencionar la palabra matrimonio hasta que me digas claramente que eso es lo que quieres.

—Tu madre se disgustará.

—Lo superará. Esto se trata de nosotros y de lo que queremos.

—Y tú ya no quieres casarte conmigo.

—Al contrario. Nada me haría más feliz que casarme contigo. Pero es tu decisión. Nuestra relación será como tú la definas.

Evangeline alzó levemente la barbilla.

–¿Y si lo que quisiera fuera vivir en Dallas? ¿Qué dirías?

–Te preguntaría quién eres y qué has hecho con la mujer que amo.

La ronca risa de Evangeline hizo que Matt experimentara un delicioso estremecimiento.

–Me llamo Evangeline La Fleur. ¿Y tú cómo te llamas?

–Matt. Mi nombre es Matt.

–Me alegra conocerte Matt –Evangeline estrechó su mano solemnemente–. Es un bonito nombre. ¿Sabes lo gracioso de los nombres? Crees que eres una persona, la que se llama así, y de pronto tienes que redefinirte por completo y buscar otro nombre.

Matt asintió lentamente.

–Creo que empiezo a imaginarte viviendo en Dallas. ¿Qué más debería añadir a la foto? ¿Vivirías por tu cuenta, o podría convencerte para que vivieras conmigo?

–He de reconocer que se te da bastante bien convencerme para que me quede. Pero si me quedo contigo, ¿podré tener mi propio dormitorio?

–Ni hablar. El bebé tendrá su propio dormitorio, pero tu tendrás que compartirlo conmigo, tengamos o no una licencia de matrimonio. Como verás, no necesito una esposa sustituta, pero sí una amante. Creo que he desarrollado una especie de adicción por las posturas imaginativas, y también por los lugares inesperados, como las azoteas, la

encimera de la cocina… ¿Crees que podrías acep-
tar esas condiciones? –preguntó Matt, que estaba
dispuesto a rogar si era necesario?

Evangeline agitó la cabeza.

–Estás bastante loco, y eso me gusta.

Matt reconoció que estaba loco, pero solo porque se había enamorado de una mujer que le per-
mitía ser él, sentir y hacer lo que quisiera.

–Dime que no he estropeado por completo las
cosas, por favor. Estoy abierto a hablar de cualquier posibilidad que te plantees de criar a nuestro bebé, y me da igual dónde vivamos. Podemos
quedarnos aquí, en Venecia. Te quiero y quiero estar junto a ti el resto de mi vida, estés donde estés,
estemos casados o no.

Los ojos de Evangeline se humedecieron de
nuevo.

–Esa es la no proposición más romántica que
he escuchado en mi vida.

–¿Eso es un sí?

–Aún no. Antes quiero terminar de disculparme. He tenido una actitud muy egoísta durante
mucho tiempo con la excusa de haber perdido
algo terriblemente importante para mí. Importante, pero no esencial. No puedo cantar, pero no he
perdido la voz.

–Por supuesto que no. Tú eres mi voz. Expresas
lo que hay en mi alma mucho mejor de lo que podría hacerlo yo.

–Guau –Evangeline cerró los ojos un momento
y tragó con esfuerzo–. Ya iba a decir que sí, pero si

quieres seguir diciendo cosas tan increíblemente románticas, soy todo oídos.

Matt sintió que su corazón alzaba el vuelo.

–¿En serio? ¿Ibas a decir que sí? ¿Qué te ha convencido? ¿Lo de la azotea y la encimera o que por fin haya encontrado el valor para decirte que te quiero?

–El hecho de que volaras a Montecarlo a buscarme. Pero lo demás también ha sido agradable. Y, por cierto, yo he venido a Venecia para decirte que no pensaba permitir que te fueras otra vez.

Matt rio.

–Ya te he dicho que pienso seguirte por el mundo allá donde vayas.

–En ese caso, empieza a caminar –Evangeline se volvió y comenzó a subir las escaleras con un insinuante balanceo de las caderas. A medio camino se volvió a mirar a Matt por encima del hombro–. Estaré desnuda en la cama, pensando en cuánto te quiero. Me muero por saber qué vas a hacerme primero…

Matt también sentía bastante curiosidad, y subió las escaleras de dos en dos para averiguar en qué podían transformarse dos almas recién sanadas y unidas por el amor y el destino.

Epílogo

Evangeline observó el jarrón de cristal de Murano que acababa de colocar en una mesita junto a la puerta de la futura habitación del bebé y asintió, satisfecha. Fran salió en aquel momento del dormitorio.

—Carlos ya ha colocado el cabecero de la cuna. ¿Quieres darle el visto bueno antes de que lo sujete?

La madre de Matt había asumido el papel de supervisora contratista y dirigía a los trabajadores con mano de hierro. Ambas mujeres se habían hecho buenas amigas al instante, y Evangeline había adoptado la costumbre de consultarlo todo con Fran, que tenía un gusto fantástico para combinar colores. Para evitar cualquier tensión, habían llegado al acuerdo de no mencionar nunca la palabra «matrimonio».

—Estoy segura de que Carlos habrá hecho un buen trabajo, pero voy a echarle un vistazo —dijo Evangeline mientras entraba en el colorido dormitorio. El cabecero de la cuna estaba perfectamente colocado. En cuanto el resto estuviera terminado, la habitación estaría preparada para recibir al pequeño Matthew Wheeler Junior, algo que Evangeline ya estaba deseando, aunque aún faltaban veintidós largas semanas para que saliera de cuentas. La ecografía que le había hecho el día anterior había confirmado tanto el género del bebé como la fecha del parto.

—Andy sigue en la ciudad —dijo Fran después de que Evangeline diera el visto bueno a Carlos—. ¿Quieres comer con Cia y conmigo? Los chicos pueden apañárselas solos por una vez.

—Gracias, me encantaría, pero tengo planes con Matt. Planes especiales.

—La próxima vez, entonces —Fran sonrió antes de volverse para seguir con sus ocupaciones.

Cuando Matt regresó de trabajar unas horas después, la sonrisa que curvó sus labios iba exclusivamente dirigida a Evangeline.

—Yo ya me iba —dijo Fran con un guiño, y, sin añadir nada más, salió por la puerta.

—Hola.

—Hola —Evangeline se sintió en la gloria cuando Matt la estrechó entre sus cálidos brazos. Su relación no hacía más que crecer y fortalecerse—. ¿Has vendido algo?

—Lucas ha cerrado el trato de la propiedad Watson. Ha sido especialmente satisfactorio quitárselo a Richard justo en el último momento —dijo Matt con una sonrisa de oreja a oreja.

Se sentía feliz volviendo a trabajar junto a su hermano, y Evangeline se sentía feliz por haber aceptado vivir en Dallas para que él pudiera serlo. El Palacio de Invierno aguardaba pacientemente su regreso, que tenían planeado para después de que el bebé naciera.

–Me alegro mucho –Evangeline le devolvió la sonrisa–. A mí me ha llamado Lisa para confirmar que viene la semana que viene para empezar a aprender las nuevas canciones.

–Estupendo. Estoy deseando volver a verla.

Evangeline ya había estado en Detroit dos veces, con Matt a su lado mientras se esforzaba por reconciliarse con su padre. No le resultaba fácil, pero Matt insistía en que lo importante era intentarlo.

–¿Sabes qué día es hoy?

Matt miró a Evangeline con cautela.

–¿Es esa una de esas preguntas retóricas cuya respuesta debo conocer?

Evangeline rio.

–Supongo que eso significa que no lo sabes. Hace cuatro meses entré en el palacio de Vincenzo rogando que nadie me conociera. Incluso llevaba una máscara, pero entonces apareció aquel tipo en el vestíbulo interrumpiéndome el paso. Si hubiera llegado un minuto tarde, probablemente ya se habría ido.

Matt la atrajo hacía así con delicadeza para no apretar demasiado su abultado vientre.

–A mí me suena al destino.

–Desde luego. De lo contrario, ¿cómo habría encontrado a la única persona capaz de reconocerme con la máscara? –Evangeline besó rápidamente a Matt antes de añadir–: Enseguida volvemos a eso, pero antes quiero darte algo que te he comprado para celebrar nuestro aniversario.

–¿En serio? –dijo Matt, ilusionado–. Me gustan tus regalos.

Evangeline lo tomó de la mano y lo condujo a la cocina. Sobre la encimera de la isleta central había una pequeña bolsa.

–Es un armadillo –dijo Evangeline tras entregársela.

–¿Qué? –Matt entrecerró los ojos–. ¿Has metido un armadillo en esta bolsa?

–Sí. Necesito que me rescates de algo, así que he tenido que recurrir al armadillo.

Mirándola con expresión desconcertada, Matt vació el contenido de la bolsa en una mano. Evangeline tomó la cajita que salió de la bolsa y la abrió para mostrarle el anillo de platino que había en el interior.

–Rescátame de ser soltera, Matt. ¿Quieres casarte conmigo?

La forma en que se oscureció la mirada de Matt hizo que el corazón de Evangeline latiera más rápido.

–Nada me haría más feliz, cariño.

–No puedo arriesgarme a que el tipo del vestíbulo se escape.

–¿Estás segura de que eso es lo que quieres? –preguntó Matt, mirándola con una expresión tan esperanzada como enamorada.

Evangeline asintió.

–Creía que vagaba por el mundo en busca de la

plenitud, pero en realidad te estaba buscando a ti. Te quiero tanto... Sé mi armadillo.

Matt sonrió.

—Con lo patosamente que caminas estos últimos días, tú deberías ser el armadillo.

—Muy bonito. Pero fuiste tú el que me puso en este estado. Yo solo quería disfrutar de las vistas de Venecia desde la azotea, pero no, tuviste que mirarme de ese modo tan tuyo, como si quisieras devorarme entera —la expresión de Matt adquirió al instante aquella ardiente característica y Evangeline suspiró—. Sí. Como esa. Me encanta cuando me miras así.

—Y a mí me encanta que seas tan original. Mañana mismo te compro yo un anillo —prometió Matt.

Y entonces volvió a besarla.

SOLO SI ME AMAS

ANNA CLEARY

Ariadne Giorgias había caído en la trampa. En lugar de ser recibida en Australia por unos amigos de la familia, se había encontrado con un extraño espectacularmente atractivo, Sebastian Nikosto.

Sebastian no sabía qué esperar de la esposa impuesta por contrato. Pero, desde luego, lo que no se esperaba era a la hermosa Ariadne, ni la incendiaria atracción que chisporroteaba entre ellos. Ninguno de los dos parecía demasiado ansioso por anular el matrimonio, tal y como habían acordado.

Una novia por encargo entregada a domicilio

Bianca.

No sabía si aceptar su descarada oferta...

El cínico Cruz Rodríguez
cambió ocho años atrás el
campo de polo por la sala
de juntas, donde sus instin-
tos implacables acabaron
convirtiéndolo en un hom-
bre formidablemente rico.
Pero surgió una complica-
ción en su último negocio...
en la seductora forma de
Aspen Carmichael.

Aspen, la criadora de caba-
llos, nunca había olvidado a
Cruz... su tórrido encuentro
había sido el único placer
de su cada vez más deses-
perada vida. Así que, cuando el deslumbrante Cruz
apareció con una multimi-
llonaria oferta de inversión
bajo el brazo, Aspen se encontró en un dilema. Por-
que ansiaba su contacto...
¡pero aquello podía costarle
más caro que nunca!

Una oferta descarada

Michelle Conder

PURO PLACER

OLIVIA GATES

Desde su primera noche juntos, Caliope Sarantos y Maksim Volkov llegaron al acuerdo de no comprometerse y mantener una relación basada solo en el placer. Pero el embarazo de ella lo cambió todo.

El rico empresario ruso nombró al pequeño su heredero, aunque desapareció de la vida de Caliope. Cuando volvió para ofrecerle una vida juntos, la brillante promesa de un final feliz se vio eclipsada por la sombra  del trágico pasado de Maksim… y de su oscuro futuro. ¿Estaría Caliope dispuesta a arriesgar de nuevo su corazón?

¿Sería solo un romance?